KB089679

누가 내게 길을 묻는다면

누가 내게 길을 묻는다면

초판인쇄일 | 2011년 9월 30일
초판발행일 | 2011년 10월 10일

지은이 | 소종섭
펴낸곳 | 도서출판 황금알
펴낸이 | 金永馥
주 간 | 김영탁
편집실장 | 조경숙
표지디자인 | 칼라박스
주 소 | 110-510 서울시 종로구 동숭동 201-14 청기와빌라2차 104호
물류센타(직송 · 반품) | 100-272 서울시 중구 필동2가 124-6 1F
전 화 | 02)2275-9171
팩 스 | 02)2275-9172
이메일 | tibet21@hanmail.net
홈페이지 | http://goldegg21.com
출판등록 | 2003년 03월 26일(제300-2003-230호)

ⓒ2011 소종섭 & Gold Egg Publishing Company Printed in Korea

값 12,000원

ISBN 978-89-91601-09-3-03810

*이 책 내용의 전부 또는 일부를 재사용하려면 반드시 저작권자와 황금알
  양측의 서면 동의를 받아야 합니다.
*잘못된 책은 바꾸어 드립니다.
*저자와 협의하여 인지를 붙이지 않습니다.

누가 내게 길을 묻는다면

소종섭 에세이

황금알

서문

이 책은 내 삶의 작은 편린이다. 2011년은 내게 번민의 해이다. 자고 나면 생각이 바뀌고 눈을 감으면 새로운 장면이 보였다. 나는 나타났다 사라지는 숱한 잔영들을 보며 내 삶의 이정표를 생각했다. 그것은 보이는 듯하다가 사라지고 사라지는 듯하다가 보이곤 했다. 어떤 때는 잠자는 꿈속에서도 나타났지만 어떤 때는 대낮에도 사라져 종적을 찾을 수 없었다. 내가 꿈꾸고 사랑했던 것들, 이루고자 몸부림쳤던 그 많은 나의 소망들……. 나는 40대 중반의 언덕을 이렇게 넘고 있다.

이 책은 내 꿈의 편린이기도 하다. 내가 꿈꾸는 사회, 내가 꿈꾸는 정치의 모습이 어떤 것인가를 어렴풋이 짐작할 수 있는 조각조각들이다. 고향에 대한 애틋함과 사랑을 담은 편지이다. 나는 언젠가 내가 꿈꾸는 것들을 실현할 수 있는 날이 오기를 희망한다. 그렇다고 가만히 앉아 감이 떨어지기를 기다리고 있지는 않을 것이다. 이 책을 내는 것으로서 그것을 위한 첫 발을 내딛는다. 긴 날, 어려운 가시밭길이 도처에 있을지라도 나는 언젠가 꿈을 이룰 날이 오리라는 것을 의심하지 않는다. 일보 후퇴하더라도 그것은 이보를 전진하기 위한 것이다.

우리에게는 꿈이 있다. 굶주리는 이 없이 모든 이들이 배불리 먹고 사는 넉넉한 사회, 아픈 이가 언제든 치료를 받을 수 있는 아름다운 사회, 인간의 자유와 인권이 존중되는 민주주의 사회, 서로에 대한 예절을 지키며 사는 존중 사회, 올바른 일을 한 이들이 존경을 받고 열심히 일한 이들이 대우를 받는 정의로운 사회……. 그러나 이것은 현실이 아니다. 누구나 꿈꾸지만 이룰 수 없는 사회이다. 꿈이다. 그럼에도 포기할 수 없는 꿈이다. 꿈을 포기하고 현실에 안주하며 산다면 그 삶은 얼마나 적막한가. 모든 것을 현실이라며 그대로 받아들인다면 우리 사회가 앞으로 나아갈 수 있을까.

이 책에 실린 글들은 대부분 〈시사저널〉의 '편집국 편지'에 실었던 것이다. 시점에 맞추어 일부 글을 빼거나 수정했다. 고향과 관련한 글은 새로 쓰거나 동문회지에 기고했던 내용을 옮겼다. 매월당 김시습과 관련한 글은 내가 회장으로 있는 매월당 김시습 기념사업회의 카페에 쓴 글이다. 애초에 이런 저런 사정으로 벼락처럼 기획해 책을 만들면서 새로운 글들을 추가할 여유를 별로 갖지 못했다. 이 때문에 책을 내는 시점에서 생각해 보면 아쉬움이 크다. 앞으로 더 풍부한 내용으로 멋진 책을 낼 기회를 갖게 될 것이라고 자위한다.

늘 남편 때문에 마음고생이 심한 아내 성옥현과 사랑스런 두 딸 진주, 민주에게 우선 고마움을 전한다. 고향에 계신 부모님과 가까이서 살펴주시는 장모님 그리고 항상 질책과 격려를 아끼지 않아 주시는 심상기 서울미디어그룹 회장과 이만용 수암생명공학연구원 이사장을 비롯한 고향 선·후배들에게도 머리를 숙인다. 나를 아는 모든 이들이 매일 매일 건강하고 행복하게 살았으면 좋겠다. 어려운 출판계 사정에도 불구하고 흔쾌히 책을 떠맡아 준 황금알출판사와 김영탁 대표께 감사드린다.

2011년 10월 1일
소종섭

차례

Part 1
이종교배에서 강한 종이 나온다

Part 2
간판 시대의 종언

Part 3
매월당 김시습과 나

Part 1

이종교배에서 강한 종이 나온다

갈등의 정치는 서민의 고통만 키운다

동네 어귀에 포장마차가 세 개 있었습니다. 오뎅, 떡볶이, 김밥, 오징어 튀김 등을 파는 여느 포장마차들이었습니다. 나름 경쟁도 치열했습니다. 퇴근길이면 손님들이 몰렸습니다. 앉아서 먹는 사람, 서서 먹는 사람, 포장해 가는 사람…. 아줌마의 손놀림이 분주했습니다. 횡단보도 바로 옆이어서인지 제법 장사가 되는 분위기였습니다. 나도 퇴근길에 출출할 때면 뜨끈뜨끈한 오뎅 국물에 떡볶이를 사먹곤 했습니다. 보행도로 한쪽을 차지하고 있어서 걸어 다니기에 때로는 약간 불편할 때도 있었지만 크게 문제될 정도는 아니었습니다.

며칠 전 아침에 출근하는데 길 풍경이 왠지 낯설었습니다. 아

니나 다를까. 밤사이에 포장마차들이 어디론가 모두 사라졌습니다. 대신 그 자리는 깨끗한 화단으로 변해 있었습니다. 아마도 구청에서 단속을 한 것 같았습니다. 거리는 깔끔해졌지만 무언가 허전한 느낌이 맴돌았습니다. 이 거리를 오간 지난 9년 동안 이런 일이 몇 번 있기는 했습니다. 하지만 이번에는 좀 달랐습니다. 전에는 포장마차를 치우고 커다란 화분을 갖다 놓았습니다. 그러면 며칠 지나면 다시 포장마차가 생겼습니다. 그런데 이번에는 아예 시멘트로 화단을 만들어 놓았습니다. 아마 다시 그 포장마차를 보기는 힘들 것 같습니다.

포장마차가 사라진 다음 날 한국개발연구원이 발표한 보고서를 읽었습니다. 한마디로 중산층이 줄고 빈곤층이 늘었다는 우울한 내용이었습니다. 4인 가족 월평균 소득이 1백77만원을 넘지 않으면 빈곤층으로 분류하는데, 빈곤층 비율이 14.3%로 조사되어 2000년보다 3.8%가 늘었다는 것입니다. 중산층은 10년 전보다 3.5% 줄어든 것으로 조사되었습니다. 한국개발연구원은 "소득 불평등보다 빈곤 문제가 더 심각하다"라고 분석했습니다.

빈곤층의 증가는 중산층의 붕괴에서 왔습니다. 우리 사회를 지탱해 온 중산층이 양극화 흐름 속에서 해체되면서 빠르게 무너지고 있습니다. 중산층이 붕괴하게 된 핵심은 자영업자의 몰락입니다. 1996년 이후 줄어든 중산층 세 명 가운데 두 명은 빈곤층으로 떨어졌고 한 명은 상류층으로 올라갔습니다. 한국개발연구원 조사에서도 상류층의 비율은 외환위기 때보다 오히려 1.6% 늘어난 것으로 나타났습니다.

세계적으로 유례를 찾아보기 힘들 정도로 빠르게 진행되는 우리나라의 중산층 붕괴 현상은 경제 위기라는 상황과 함께 사교육비 증가, 비정규직 급증이라는 우리 사회 특유의 문화도 한몫하고 있습니다. 경제적 불평등이나 양극화가 정치·사회 갈등을 불러온다는 얘기가 있습니다. 일리가 있습니다. 반대의 경우도 성립합니다. 정치·사회 갈등이 경제적 격차를 더 벌릴 수 있다는 것입니다. 이런 측면에서 중산층이 무너지면서 빈곤층이 증가하는 지금 여의도를 주목하지 않을 수 없습니다. 갈등을 조정·통합하는 역할을 해야 할 정치가 오히려 적나라한 갈등이 어떤 것인가를 보여주고 있습니다. 정치가 실종될수록 고통 받는 것은 경제적으로 어려운 사람들입니다.

정치를 걱정 않는 시대는 언제 오나

2010년에도 어김이 없었습니다. 예산안 처리 법정 시한(회계 연도 개시일 30일 전에 국회 본회의에서 확정되어야 하므로, 올해는 12월 2일)을 넘긴 것은 이제 뉴스도 되지 않습니다. 제도가 잘못되었으면 제도를 고치면 되는데, 해마다 법정 시한을 어기는 것을 당연시하고 있으니 참으로 이해가 가지 않는 일입니다. 법을 만드는 것을 주 임무로 하는 국회의원들이 법을 지키지 않으니 질타를 받아 마땅합니다. 내부에서 이런 부분에 대해 문제 제기를 하는 이도 없을 정도로 잘못된 관행에 젖어 있습니다. 국회의원들은 국민을 대표해 각 기관에 대해 감사를 진행합니다. 목소리를 높이며 피감 기관들을 호되게 나무랍니다.

그러면 국회, 국회의원들은 어떻습니까? 돈 씀씀이 등과 관련해 제대로 감사 한 번 받아본 적이 없습니다. 이런 것부터 바꾸어야 합니다.

폭력은 더 심각합니다. 국회의원들이 국회 본회의장에서 서로에게 폭력을 행사한 뒤 "먼저 때렸다" "아니다. 내가 먼저 맞았다"라며 공방을 벌이는 모습은 볼썽사납습니다. 힘 자랑을 하는 것도 아닌데 말입니다. 뒷골목 싸움판도 아니고 서로 주먹을 휘둘러 피를 보았으니 국회의원 스스로 자신들의 권위를 무너뜨렸습니다. 국회 지도부는 여야 가릴 것 없이 진상을 철저히 조사해 폭력을 휘두른 의원들을 공개하고 적절한 조치를 취해야 합니다. 날치기를 하려고 폭력을 행사했건, 날치기를 막으려고 폭력을 행사했건, 둘 다 벌을 받아야 합니다. 21세기 대한민국 국회에 폭력 사태가 웬 말입니까? 그래야 그나마 국회의 권위가 삽니다.

이제 보좌진들도 이러한 국회 폭력으로부터 해방되어야 합니다. 여야 수뇌부는 보좌 활동에 전념해야 할 이들을 폭력 사태의 조연으로 출연시켰습니다. 국회 본청으로 모이게 해 의원들과 뒤엉켜 몸싸움을 벌이게 했습니다. 이들도 속으로는 그렇게 하고 싶지 않았을 것입니다. 보좌진들을 이런 문화·행태에서 해방시켜주어야 합니다. 자연스럽게 문화로서 정착이 안 된다면 법으로라도 강제할 필요가 있습니다. 어쩌면 보좌진들 스스로도 이제 이런 문화에서 탈피해야 한다고 선언할 때가 되었습니다.

국회 폭력 사태를 보면서 특히 아쉬운 것은 정치력입니다. 다수당인 집권 여당이 정치력을 발휘해 야당들과 논의를 한 뒤 원만하게 새해 예산안을 처리할 수는 없었을까요. 국민이 정치를 걱정하지 않는 정치를 하는 것이 좋은 정치라는 생각이 듭니다. 지금은 반대입니다.

지금 국민들의 삶은 걱정으로 가득 차 있습니다. 물가고, 전세난, 자녀의 대학 입학과 취직 걱정, 혹시나 실직하지 않을까 하는 걱정…. 그야말로 즐겁지 않은 나날을 보내고 있습니다. 정치가 이런 삶의 신산함을 달래주지는 못할망정 고통지수를 높이는 역할을 한다면, 그런 정치는 필요 없습니다.

말과 실천의 무거움에 대하여

　나중에 봉합되기는 했지만 일하는 모습이 서툽니다. 작은 조
직에서도 이렇게 일하지는 않습니다. 그러니 좋은 소리가 나올
리가 없습니다. '정부와 합의 없이 졸속 발표'라는 기사가 신문 1
면에 보도될 정도입니다. 뒤이어 "당·정 간에 합의가 없었다"
라는 말이 나왔습니다. 일단 뱉어놓고 뒷감당을 제대로 하지 못
합니다. 일처리가 이러하니 믿음, 신뢰를 주지 못합니다. 집권
당인 한나라당이 대학 등록금 문제를 다루는 행태가 이렇습
니다.
　서양에는 이런 속담이 있습니다. '행동하는 사람처럼 사고하
고, 사고하는 사람처럼 행동하라.' '말하기는 쉬우나 실천하기는

어렵다.' 말만 따져보면 당연한 이야기입니다. 그러나 이 또한 실천하기가 어렵습니다. 나라를 움직이는 중심 세력인 집권 여당의 행보는 이런 측면에서 특히 '신뢰'가 중요합니다. 중요한 정책을 당·정 간 협의도 없이 일방적으로 발표해 밀어붙이면 결과가 좋을까요.

무릇 모든 일은 당사자가 숟가락 하나라도 놓은 상태에서 진행되어야 불만이 줄어들고 힘이 실립니다. 완전한 합의까지는 이르지 못했다 하더라도, 최소한 서로 만나 의견을 나누는 형식 정도는 갖춘 뒤에 정책을 밀어붙이더라도 밀어붙여야 하는 것 아닐까요. 영수회담을 앞둔 청와대도 여당이 의제를 선점해 발표하는 듯한 모양새를 취하자 불만을 나타냈으니 나라가 정말 제대로 가고 있는지 걱정이라는 말이 쏟아지는 것이 낯설지 않습니다. 이렇게 서로 의견과 방식이 다르고 일 처리 하는 방식이 매끄럽지 못해서야 국정이 국민들에게 믿음을 줄 수 있겠습니까. 자꾸 이런 식으로 하니 정치에 대한 불신이 높아가는 것입니다.

비단 여당만의 문제는 아닙니다. 야당도 이처럼 서툰 행태에서 자유롭지 못합니다. 민주당은 KBS 수신료 인상안을 표결 처리하기로 여당과 합의했다가 하루 만에 뒤집었습니다. 지지자들의 반발이 거셌다는 사정을 이해하지 못할 바는 아니지만, 그렇다면 합의하기 전에 좀 더 충분하게 내부 조율 과정을 거쳤어야 합니다. 오늘은 '합의했다'라는 보도가 나오고, 내일은 '뒤집었다'라는 보도가 나오니 국민들 입장에서 얼마나 헷갈리고 짜증이 나겠습니까. 자꾸 이런 식이 되면 '언제 뒤집힐지 모르는 합의'라는 생각에서 권위가 떨어지고 힘이 실리지 않습니다. 권한을 행사하는 원내대표의 체면도 말이 아닙니다. 그렇다고 그런 행태에 대해 국민에게 정중히 사과하거나 하는 일도 없습니다. 뒤집으면 그것으로 끝입니다.

여야를 막론하고 벌어지는 이러한 행태는 우리 정치 문화의 미성숙함을 보여줍니다. 정치인들이 이렇게 행동하면서 정부나 민간 기관들에게 잘하라고 다그친다면 그들이 속으로 "너나 잘해!"라고 할 것 같습니다. 이런 식이 되면 모두 잘 안 되는 것이지요. 하기야 이런 행태가 너무 고질적이어서 이제 국민들이 '당연히 그렇게 할 것'이라고 생각하는 것은 아닌지 모르겠습니다.

약속을 지키는 것과 같은 '작은 것을 소중하게 여기는 정치'를 우리 정치에서는 볼 수 없는 것일까요. 노자에 '아는 자는 말하

지 않고 말하는 자는 알지 못한다'라는 말이 나옵니다. 말은 적
게 하고 실천은 많이 하는 정치인들이 많아졌으면 좋겠습니다.

***

多言數窮다언삭궁 不如守中불여수중
– 도덕경 –

말이 많으면 궁지에 몰리기 쉽다.
중심을 지키며 가만히 있는 것만 못하다.

***

뱀이 먹으면 독이 되고
젖소가 먹으면 우유가 된다

숱한 사건들의 막후에는 '돈'이 도사리고 있는 경우가 많습니다. 불과 몇천 원을 빼앗기 위해 사람을 죽이기도 하고, 수억원의 보험금을 타내기 위해 가족을 해칩니다. 다 그런 것은 아니지만 자리 다툼도 돈과 관련이 깊습니다. 자리는 곧 명예이자 돈으로 연결되기 때문입니다. 얼마 전에 만난 여권의 한 국회의원은 "자리는 곧 돈이다"라고 단언하더군요. 돈은 사회 현상을 읽는 아주 중요한 키워드입니다.

불경에 있는 우화 중에 이런 이야기가 있습니다. '같은 이슬이라도 뱀이 먹으면 독이 되고, 젖소가 먹으면 우유가 된다'라는 것입니다. 돈도 마찬가지라는 생각입니다. 관리하는 사람에 따라 제대로 쓰이기도 하고 허투루 쓰이기도 하고, 어떤 경우에는 몰래 빼내어 자신이 써버리기도 합니다. 돈은 인간의 마음을 늘 시험대에 올려놓고 흔드는 마술 방망이 같습니다.

국회에서 2011년도 예산안을 심의하기 시작했습니다. 2백91조8천억원에 달하는 예산안을 심의하는 법정 기한은 12월2일까지입니다. 국회 주변에서는 과거에 그랬듯이 이번에도 당연히 법정 기한을 넘길 것으로 보는 분위기입니다. 늘 법으로 정해놓은 기한을 지키지 않을 것이면 이것이야말로 법을 바꾸어야 하지 않나 싶습니다.

여야는 '예산 전쟁'에 들어갔습니다. 민주당 등 야당들은 여권이 핵심 사업으로 추진하는 4대강 사업 예산을 삭감하겠다고 벼르고 있습니다. 실제 국회 예산정책처도 4대강 사업 예산이 알려진 것보다 많다는 지적을 내놓아 일정한 규모의 삭감이 불가피해 보입니다. 문제는 전체 예산안의 2%도 안 되는 '4대강 사업'이 정치적으로 상징화되어 다른 예산에 대한 관심이 상대적으로 떨어질 위험이 있다는 점입니다. 정치적으로 공방만 주고받다가 제대로 심의도 하지 못하고 막판에 무더기로 예산을 통과시켰던 전례가 이번에도 반복될 조짐을 보이기 때문입니다.

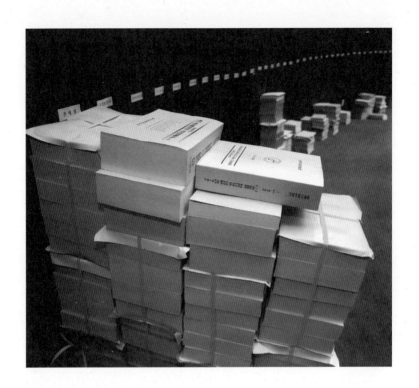

거시적인 주제나 정치적으로 중요한 예산안에 대한 논쟁은 불가피하겠지만 아동성범죄 예방과 관련한 예산이나 소외·빈곤 계층의 안전망을 확보하기 위한 예산 등 실생활과 밀접한 관련이 있는 곳에 돈을 더 쓸 필요가 있습니다. 국회의원들도 과거처럼 자신의 지역구에 꼭 필요하지도 않은 길을 내는 데 필요한 예산을 따내려고 로비를 벌이는 식의 행태에서 벗어나야 합니다. 요즘 시골에 가보면 온갖 도로가 생겼습니다. 산과 들이 도로로 변하게 생겼습니다.

꼼꼼히 따져서 꼭 필요한 곳에 돈을 쓰고, 쓰고 난 뒤에 제대로 썼는지 검증하는 체계가 절실합니다. 이런 와중에 국민 세금을 빼먹은 이들에게는 가중 처벌을 하는 것도 고려해볼 만합니다. 언론·시민단체의 역할을 새삼 돌아보게 됩니다.

잎이 떨어지면 가을이 온 것을 안다

요즘 거리에 부쩍 반팔 옷을 입고 다니는 이들이 눈에 띕니다. 봄이 왔나 싶더니 어느새 여름이 성큼 다가왔다는 신호입니다. 가을도 마찬가지입니다. 문밖을 나설 때 서늘한 기운이 느껴지고 하나 둘 단풍이 들기 시작하면 여름은 이미 버스를 타고 떠나간 것이지요. 이처럼 우리는 계절의 가고 옴을 나뭇잎이 돋는 것과 같은 자연의 변화와 이에 조응하는 사람들의 움직임을 통해 보고 느낍니다.

자연 생태계만 그런 것이 아닙니다. 우리가 살아가는 사회도 생태계입니다. 어떤 현상이 발생하면 그에 따른 원인이 있고 후폭풍이 이어집니다. 어떤 일들은 더 큰 사건이 일어나기 전의 징조로서 나타나기도 합니다. 추위가 닥치기 전에 철저히 준비해야 추위에 당황하지 않는 것처럼 이러한 전조 현상에 어떻게 대응하느냐에 따라 이후의 피해 정도가 달라집니다. 별 것 아닌 것으로 치부했다가 치명상을 입기도 하고 잘 대비해 오히려 피해를 줄이기도 합니다. 물론 어떤 경우는 이미 손쓸 수 없는 상황에 처할 때도 있지요.

부산저축은행 비리를 감싸기 위한 로비에 나섰다는 의혹 속에 감사원에 사표를 낸 은진수 감사위원 사건은 어디에 해당될까요. 물방울 다이아몬드 반지를 받고, 형을 취직시켜주고, 금품을 수수했다는 의혹까지…. 어쩌다가 있을 수 있는 아주 희귀한 경우일까요, 아니면 앞으로 터져나올 온갖 비리 사건의 전조일까요?

아직 실체가 뚜렷하지는 않지만 이번 사건은 현 정권의 일부 핵심 세력들이 갖고 있는 '권력관'을 엿보게 합니다. '자리'를 봉사하기보다는 힘을 쓰는 곳, 이권을 나누는 곳으로 생각한다는 것이지요. 물론 정치권에는 전부터 이런 말이 낯설지 않게 나돌았습니다. '우리 정권'이라는 끼리끼리 의식, '내 것'이라는 나눠먹기 의식입니다. 이런 것으로 볼 때 '제2의 은진수'는 또 등장

할 가능성이 큽니다. 그 어느 곳보다 엄정한 중립성이 요구되는 감사원 감사위원으로 임명된 사람이 그러했으니 다른 이들은 오죽하겠나 하는 생각이 드는 것이 저 혼자만은 아닐 것입니다.

이런저런 정황으로 볼 때 '은진수 사건'은 여름을 알리는 '반팔 옷'입니다. 권력형 비리 사건이 터지는 시작에 불과하다는 생각이 듭니다. 앞으로도 터질 폭탄이 여러 곳에 숨어 있다는 것이지요. 집권 4년차 후반부로 가는 시점, 총선과 대선이라는 대결전을 앞둔 해라는 점 등이 정국의 긴장도를 한껏 높이는 요즘입니다. 정권마다 되풀이된 대형 비리 사건들이 이번 정권에서는 발생하지 않았으면 했는데 그렇지 않은 것 같아 안타까운 마음입니다.

＊＊＊

前事不忘 後事之師 전사불망 후사지사
－ 후진타오 중국 주석 －
앞일을 잊지 않고 뒷일의 스승으로 삼는다.

＊＊＊

호시우행虎視牛行이 필요하다

　얼마 전에 청와대의 한 인사를 만났습니다. 이 인사는 "정권 초기 청와대에 북적이던 정무직 인사들 가운데 남아 있는 이들이 별로 없다"라고 말했습니다. 기회만 되면 하나 둘 떠나 공기업이나 다른 자리로 옮기는 바람에 상대적으로 부처 공무원들만 눈에 띈다는 것입니다. 보통 자리를 옮기면 '어디로 갑니다. 가서 이명박 정부의 국정 철학을 전파하기 위해 열심히 하겠습니다'라는 식의 인사를 남기는 것이 일반적입니다. 그런데 얼마 전에 청와대를 떠난 인사는 이런 말도 없이 갑자기 떠나는 바람에 주변 사람들이 황당해한 적도 있습니다. 분위기가 그만큼 뒤숭숭하다는 것이지요. 이명박 대통령께서 얼마 전 "자신을 희생

할 생각은 하지 않고 어디 좋은 자리가 없을까 하는 생각만 하는 사람이 청와대에 있어서는 안 된다"라고 말한 것이 상징적입니다.

이런 탓일까요. 국정 운영에 중심이 없어 보입니다. 힘이 실리지 않습니다. 툭툭 뱉는 식의 행태가 반복됩니다. 어떤 측면에서 보면 좀 위태해 보이기까지 합니다. 지난 5월 6일 늦게 발표된 개각이 우선 그렇습니다. 금요일 늦게 발표된 것도 이례적인 데다가 인물들의 면면도 고개를 갸우뚱하게 합니다. 능동적이고 계획적인 개각이 아니라 시간에 쫓겨서, 밀려서 급하게 한 개각이 아닌가 하는 느낌을 받습니다. 이렇게 되면 당연히 감동을 받거나 큰 기대를 갖기가 힘듭니다. 인사가 만사라고 하는데 초기부터 인사가 어긋나더니 내용은 다르지만 흐름은 지금도 여전합니다.

"북한이 비핵화에 합의한다면 내년에 서울에서 열리는 핵안보정상회의에 김정일을 초청하겠다"라는 이대통령의 지난 5월9일 발언도 과연 어떤 준비를 거쳐 현실성 있는 제안을 한 것인지 의문입니다. 사전 분위기 조성도 없이 불쑥 튀어나온 데다 북한도 단호하게 거절 의사를 밝혀 '대통령의 말이 너무 쉽게 나온 것이 아닌가, 무게감이 있기는 한 것인가' 하고 생각하는 이들이 많습니다.

중도 실용 노선, 동반 성장 정책 등도 현장 체감도가 많이 떨어졌습니다. 각종 정부 위원회에서 위원장을 맡은 이들이 한 말과 청와대의 말이 다른 경우가 잦습니다. "도대체 중심이 무엇이냐" "그때그때 바뀌는 것이 실용이냐"라는 말이 나오는 이유입니다. 이런 것들은 철학, 가치관의 문제가 정권 전반에서 경시되는 듯한 흐름과 맥이 통한다고 봅니다.

이명박 대통령이 역대 대통령들과 다른 점 가운데 하나는 '충성도가 높은 열성 지지층이나 지역 기반'이 빈약하다는 것입니다. 역대 대통령들은 영남이나 호남, 노사모 등 강력한 기반이 있었고 오랫동안 정치를 해왔습니다. 이대통령은 그렇지 않았습니다. 이 때문에 민심과 멀어지면 설 자리는 상대적으로 더 좁아질 수밖에 없습니다. 지금 이대통령에게 필요한 것은 호시우행虎視牛行(신중하게 조심하며 일을 해나간다)입니다.

나라는 백성의 나라이다

　　조선의 천재 지식인이었던 매월당 김시습은 우리나라 최초의 한문 소설인 〈금오신화〉를 썼습니다. 여기에 들어 있는 다섯 작품 가운데 '남염부주지'에는 '蓋國者개국자 民之國민지국, 命者명자 天之命也천지명야, 天命已去천명이거 民心已離민심이이 則雖欲保身즉수욕보신 將何爲哉장하위재'라는 말이 나옵니다. '대개 나라는 백성의 나라요, 명령은 하늘의 명령이니, 천명이 가버리고 민심이 떠나버리면 자기 몸을 보전하려 해도 어찌 보전하겠습니까?'라는 뜻입니다. 세조가 단종을 폐하고 힘으로 왕권을 탈취했지만 결국에는 백성과 하늘로부터 버림을 받을 것이라는 기대 섞인 바람을 김시습이 갖고 있었다는 것을 엿볼 수 있습니다.

'나라는 백성의 나라이다'라는 말은 지금 개념으로 보면 '주권 재민'입니다. '대한민국의 주권은 국민에게 있고 모든 권력은 국민으로부터 나온다'라는 헌법 1조 사상과도 맥락이 닿습니다. 당연한 말이지만 많은 경우 우리는 이것을 잊고 삽니다. 당장 먹고사는 일에 급급하기 때문이지요. 특히 나라의 정치와 행정을 이끌어가는 분들이 늘 명심해야 할 말인데 일상의 삶에 쫓기다 보면 어느새 '나라는 힘 있는 자들의 나라이다'라고 생각하기 십상입니다. 이런 상황이 깊어지면 민심의 흐름에 둔감해지면서 자꾸 '우물 안에서 세상 보기'를 하게 됩니다. 그 이후에는 세상이 뒤집히는 방향으로 가곤 하지요.

분당 재·보궐 선거가 그렇습니다. 분당이 어떤 곳입니까. 한나라당이 한 번도 선거에서 진 적이 없는, 그야말로 '한나라당의 아성'입니다. 그런데 졌습니다. 설마 설마 하다가 현실이 되었습니다. 어떤 이는 이번 선거 결과를 '분당 민란'이라고 표현하더군요. '민란'이라고 표현할 수 있을 정도로 표의 성격이 저항적이라고 판단된다는 것입니다. 실제로 〈시사저널〉이 동서리서치에 의뢰해 분당 지역을 대상으로 '선거 후 조사'를 한 결과에 따르면 '투표를 한 이유' 가운데 가장 큰 것이 '이명박 정권에 경고를 주기 위해서'였습니다. 후보를 지지하기 때문에 투표했다는 응답은 여야 후보 엇비슷했습니다. 그만큼 현 정권에 대한 반감이 강하다는 뜻입니다.

이런 결과가 나타난 것은 '나라는 백성의 나라이다'라는 말을 이명박 대통령을 비롯한 여권인사들이 망각한 결과입니다. 세상이 변한 것을 애써 외면한 벌입니다. 공약한 것을 제대로 사과도 하지 않고 막 바꾸고, 과거 행태를 답습하면서 선거운동을 하고, 전세 대란·집값 대란에 대책은 없고, 양극화는 날로 심해지고, 물가는 천정부지로 치솟고, 사교육비는 날로 늘어나고…. 진정으로 이러한 백성의 아픔에 공감하며 같이 눈물 흘리는 여권 인사들의 모습은 볼 수 없습니다.

한나라당에서는 "지금은 박근혜 시대이다"라는 말이 나옵니다. 그러나 그야말로 처절하게 변하지 않으면 박근혜 전 대표도 미래를 기약할 수 없습니다. '분당 민란'이라는 표현이 왜 나오는지 여권 인사들은 곱씹어볼 필요가 있습니다.

칼은 육체에 상처를 주지만
말은 마음에 구멍을 낸다

차명진 한나라당 의원이 한나라당 최고위원 회의에 참석한 뒤 느낀 소감을 트위터에 올린 글이 화제를 불렀습니다.

"다들 최고위원 회의를 '봉숭아 학당'이라고 하는데 내가 보기에는 '서바이벌 게임장'이다. 최후의 한 사람이 살아남을 때까지 서로가 서로의 적이다. 유·불리에 따라 수시로 편이 바뀐다. 공식 회의 시작 전부터 서로 툭툭 던지는 말에 날이 섰다. 회의가 시작되기 전 티타임 시간에 한 여성 최고위원에게는 '옷이 왜 그래? 다음 총선에 자신 없으니까 외모로 때우려고?'라고 비아냥대는 소리가 있었다. 또 한 지역 할당 최고위원에게는 '오늘은 동네 민원 좀 그만하지?' '그러게. 최고위원이 무슨 도의원도 아닌데 말이야'라는 힐난이 퍼부어졌다. 현장 분위기가 살벌했다. 속으로 '적어도 나는 다른 사람한테 상처를 줘가며 권력을 차지하는 일은 안 할랍니다'라고 생각했다."

차의원은 노동운동을 한 학생운동가 출신으로 김문수 경기도 지사가 국회의원을 할 때 보좌관을 지냈습니다. 흔히 하는 말로 '대가 강한 사람'입니다. 도대체 집권당 최고위원 회의가 어떠했기에 이런 차의원이 보기에도 분위기가 살벌했다는 말이 나오는지 궁금합니다. 한나라당 최고위원 회의가 '봉숭아 학당'을 넘어 '동물의 왕국'이라는 말이 나오는 이유입니다. 각종 정책과 이슈들을 놓고 진지하게 토론하는, 서로를 존중하며 대화하는, 그런 분위기가 아닌 것만은 확실해 보입니다. 지난주에 만난 한 여권 인사는 "점잖고 합리적인 이들은 정치를 멀리하며 투신하려고 하지 않는다. 반면, 목소리 높고 권모술수에 능한 이들이 바글바글하니 정치가 날로 삭막해진다"라며 개탄했습니다.

정치의 본질이 권력 투쟁이고 당은 권력을 잡는 것이 목표라지만 그 과정이 칼이 날아다니는, 다른 이들을 짓밟고 가는 것이라면 생각해볼 일입니다. 그것이 과연 우리가 지향하는 정치입니까. 그런 문화를 가진 당이 과연 국민을 위한 정치를 제대로 할 수 있습니까. 상대를 생각하지 않고 내뱉는 말은 칼보다 더 위험합니다. 칼은 육체에 상처를 주지만 말은 마음에 구멍을 냅니다.

얼마 전 카이스트 학생들의 자살이 사회 문제가 되었습니다. 그들이라고 왜 꿈이 없었겠습니까. 그들이라고 왜 아름다운 인생을 꿈꾸지 않았겠습니까. 말이건, 시스템이건 그들을 죽음으로 내몬 것이 있습니다. 경쟁이 없을 수는 없습니다. 하지만 더 큰 발전을 위한, 함께 나아가기 위한 경쟁이 되도록 해야 합니다. 상대를 죽여 내가 사는 것은 경쟁이 아니라 폭력입니다. 카이스트 학생들의 자살, 한나라당 최고위원 회의의 문화는 우리 사회에 만연한 폭력의 한 단면을 보여주는 사례입니다.

우리 사회만큼 소송이 많은 나라도 드뭅니다. 선거가 끝나면 상대 진영에 대해 소송을 제기하는 것을 당연시합니다. 서로 대화를 해서 해결할 수 있는 일도 걸핏하면 법에 호소합니다. 조사를 받느라 경찰서나 검찰청을 드나들다 보면 서로 감정이 쌓입니다. 한이 쌓입니다. 상황이 바뀌어도 마찬가지 일이 반복됩니다. 이러한 '죽이기' 문화를 이제는 바꿀 때가 되었습니다.

때로는 '빨리빨리'가 필요하다

　살다 보면 쉬운 일도 꼭 어렵게 하는, 빨리할 수 있는 일도 꼭 늦게 하는 사람을 봅니다. 결국에는 그렇게 될 일을 이런저런 이유를 대며, 아니면 어떻게든 피해보려고 갖은 수를 쓰다가 결국 백기를 드는 경우입니다. '해주고도 욕먹는다'라는 말은 이럴 때 나옵니다. 처음부터 시원하게 해주었으면 받는 이도 고마움을 느낄 테고 해주는 이도 후련할 텐데 왜 그렇게 하는지 이해가 안 됩니다. 이렇게 어려운 과정을 거쳐 일을 이루게 되면 이룬 이는 고마움을 느끼기는커녕 원망을 하게 됩니다. 받았다는 느낌보다는 빼앗았다는 느낌을 갖게 됩니다. 허락한 이도 마찬가지입니다. 준 것이 아니라 빼앗긴 기분이 되어 마음이 영 개운치 않습니다. 이후 당연히 두 사람의 사이는 멀어지게 되고 서로를 신뢰하지 않습니다.

매월당 김시습의 문집에는 이런 구절이 있더군요. '대체로 백성들이 군주를 받들어 사는 것은 군주의 힘을 입기 때문이지만 군주가 자기 지위를 보전할 수 있는 것은 바로 백성이 있기 때문이다. 민심이 따르면 만대라도 군주 노릇을 할 수 있으나 민심이 이탈하면 하룻밤을 넘기지 못해 평민이 되고 만다. 군주와 평민 사이가 털끝만 한 차이도 없는 것이다. 어찌 삼가야 할 일이 아니겠는가.' 굳이 이런 말씀을 드리는 이유는 통치자가 쉬운 일을 어렵게 가면, 빨리 결정해야 할 일을 뒤로 미루면, 나라의 근본인 백성들이 고단하고 힘들기 때문입니다. '큰 놈이 작은 놈을 잡아먹는 것이 아니라 빠른 놈이 느린 놈을 잡아먹는다'라는 말이 있습니다. 스피드 경영을 강조한 말인데 국가 경영도 예외는 아니라고 생각합니다.

현실은 힘이 있고 공허한 것은 힘이 없다

2011년 설에 만난 아버지는 연신 "그 많은 소와 돼지들을 파묻었으니 어쩌냐"라면서 안타까워했습니다. "살다 보니 이런 난리가 있네. 참!"이라며 한숨을 푹푹 내쉬었습니다. 충남의 한적한 농촌마을에 사는 부모님은 소와 돼지를 키우지는 않습니다. 그러나 농사를 지으면서 평생을 농촌에서 사셨기 때문인지 구제역 때문에 소와 돼지를 땅에 파묻어야 하는 현실이 못내 가슴 아팠던 것 같습니다. 시골에는 '소리 없는 아우성'이 가득했습니다.

설 연휴 기간에 차를 타고 이동하며 구제역 방역 현장을 몇 군데 볼 기회가 있었습니다. 충남·북에 걸쳐 일곱 곳을 보았는

데 제각각이었습니다. 소독액이 바닥과 양쪽에서 나오는 곳, 바닥과 한쪽에서만 나오는 곳, 바닥에서만 나오는 곳, 바닥은 안 나오고 양쪽에서 나오는 곳, 바닥은 안 나오고 한쪽에서만 나오는 곳…. 분무하는 양도 차이가 있었습니다. 또 어떤 곳은 감독자가 있었고 어떤 곳은 감독자 없이 소독액만 뿌려지고 있었습니다.

'구제역 방역'은 현장의 공무원이나 축산 농가에게는 그야말로 '전쟁'이었습니다. 1월 말 영하 12℃ 날씨에서 하루 동안 방역 현장에서 근무했다는 한 공무원은 "방한을 하고 근무했는데도 얼굴이 얼고 손가락이 펴지지 않아 죽는 줄 알았다"라고 말했습니다. 설 연휴도 반납하고 방역 활동에 전력투구한 공무원들에게 힘껏 박수를 보냅니다. '구제역 전쟁'은 도로에서는 교통전쟁으로 나타났습니다. 방역 현장에서는 차량들이 속도를 늦추어야 하기 때문에 평소 안 막히던 시골길에서도 차량들이 길게 꼬리를 물었습니다. "초반에 방역 대책을 철저히 시행했더라면 좋았을 텐데…. 나라꼴이 이것이 무엇이냐." 동행하던 이가 한마디 하더군요.

이런 상황에서 이명박 대통령은 '개헌'을 이야기했습니다. "시대에 맞게 하는 것이 맞다. 자꾸 정치적으로 생각하면 안 된다"라며 개헌 문제를 정략적인 차원에서 바라보지 말아달라고 주문했습니다. 시대가 많이 바뀐 만큼 헌법을 손보아야 한다는 대통령의 생각은 맞습니다. 실제 우리 헌법은 위헌적인 요소도 많고 시대 변화를 제대로 반영하지 못한다는 지적이 끊이지 않았습니다. 그러나 흔쾌히 '개헌'에 맞장구를 칠 수 없는 이유는 '지금이 때가 맞나?' 하는 생각 때문입니다. 무릇 모든 일은 때가 맞아야 하고 추진 동력이 있으며 적절한 환경에서 추진되어야 성공할 수 있습니다.

민심은 개헌에 반대하는 여론이 높고, 여권은 분열되어 있습니다. 야당은 강력하게 반대합니다. 대통령의 임기는 고갯길을 내려가고 있고, 내년 4월에는 국회의원 선거가 있습니다. 이러한 전반적인 상황을 종합해보면 현 시점에서 개헌은 성공하기 어렵습니다. 정치권만의 설왕설래로 끝날 가능성이 큽니다. 구제역은 현실이고 개헌은 공허합니다. 현실은 힘이 있고 공허한 것은 힘이 없습니다.

해는 중천에 뜨는 순간부터 기운다

〈삼국사기〉에는 백제 의자왕 20년(6백60년)에 이런 일이 있었다고 기록되어 있습니다.

비 오는 날 귀신이 나타나 '백제는 망한다, 백제는 망한다'라고 소리치고 땅속으로 들어갔다. 의자왕이 이상하게 여겨 땅을 파보니 거북이 한 마리가 나왔다. 거북이 등에는 '百濟同月輪백제동월륜, 新羅如新月신라여신월(백제는 보름달 같고 신라는 초승달 같다)'이라는 글귀가 있었다. 의자왕이 무당을 불러 그 뜻을 물었다. 무당이 말했다. '보름달은 가득 찬 것이니 점차 기울며 초승달은 차지 않은 것이니 점점 차올라 강성해진다.' 의자왕은 화가 나서 무당을 죽여버렸다. 다른 무당이 불려왔다. 그는 "보름달은 왕성하다는 뜻이고 초승달은 미약하다는 뜻이니, 백제는 왕성해지고 신라는 쇠약해진다는 뜻입니다." 의자왕은 그에게 상을 내렸다.

무엇이건 가득 차면 빠지고 빠지면 또한 차는 것이 자연의 이치입니다. 추운 겨울에 봄을 보는 것, 어두운 밤에 새벽을 생각하는 것은 그래서 자연스럽습니다. 불교에서 말하는 '色卽是空空卽是色색즉시공 공즉시색(형상이 있는 것이 형상이 없는 것이고, 형상이 없는 것이 형상이 있는 것이다)'의 원리 또한 이와 다르지 않습니다. '해는 중천에 뜨는 순간부터 기운다'라는 말도 마찬가지입니다. 쨍쨍 따가운 햇살을 내뿜는 그때가 바로 어둠 속으로 가는 순간입니다.

인간사 또한 이와 같다고 생각합니다. 중요한, 책임 있는 자리에 올라간 순간이 힘이 최고조에 이른 때입니다. 시간이 지날수록 하산을 걱정해야 하고 권력을 나눠주어야 합니다. 어쩌면 그것을 인정하고 현실화한다면 어느 정도 마지막까지 힘을 유지할 수 있을지 모릅니다. 스스로 힘이 빠지는 것을 인정하고 구성원들의 마음을 얻으며 움직일 때 힘이 더 생긴다는 것은 아이러니 같지만 현명한 이들은 그렇게 행동하는 경우를 많이 봅니다.

이명박 대통령은 그동안 여러 차례 "내게 레임덕은 없다"라고 말했습니다. 역설적이지만 이런 말을 하는 자체가 레임덕이 왔다는 것을 널리 알려주는 효과가 있습니다. 말보다는 행동으로 '레임덕'이라는 말 자체가 나오지 않도록 하는 것이 중요합니다. 안타깝게도 현실은 그렇지 못합니다. 인사가 그러하고 대책이 그러합니다. 인사의 대표 사례는 정동기 전 민정수석을 감사원장 후보자로 내정한 것입니다. 재산 증식 의혹 등 이런저런 말이 많습니다. 하지만 그에 앞서 독립성과 정치적 중립성이 중시되는 감사원장에, 얼마 전까지 청와대 민정수석을 지낸 인사를 보내겠다고 생각하는 사고를 이해하기가 어렵습니다. 흔한 말로 사람이 그렇게 없었을까요? 구제역 대책은 또 어떻습니까. 이미 100만 마리가 넘는 가축이 살처분되었습니다. 이런 마당에 뒤늦게 '긴급 대책회의'라니! 사안의 경중을 보는 시각과 정부의 일처리 체계와 능력에 심각한 의문을 갖게 합니다. 정권이 스스로 레임덕을 앞당기고 있습니다.

투표율, 젊은 층은 올랐고
노년층은 떨어졌다

20~30대 젊은 층의 투표율이 크게 오르고 40대 이상 중·장·노년층의 투표율은 떨어졌습니다. 중앙선거관리위원회가 2010년 8월26일 발표한 '제5회 지방선거 투표율 결과 분석'에 따른 것입니다. 이 자료에 따르면 올해 6·2 지방선거에서 처음 투표권을 행사한 만 19세의 투표율은 47.4%로 나타났습니다. 20대와 30대 전반 세대까지 뛰어넘는 투표율입니다. 지난 2006년보다 9.5%나 상승했습니다. 20대 전반 세대도 45.8%의 투표율을 기록했습니다. 반면에 40대는 2006년 지방선거 때와 비교해 0.4%, 50대는 4.1%, 60대 이상은 1.6% 떨어졌습니다.

〈시사저널〉은 2009년 11월, 10·28 재·보궐 선거의 표심을 분석하는 기사에서 '고령층의 한나라당 이탈표와 젊은층의 높은 투표율이 승패 갈랐다'라는 제목으로 보도했습니다. 이런 흐름이 그대로 지난 6·2 지방선거에서도 재현된 것입니다. 한나라당이 상대적으로 높은 지지도를 보였음에도 승리하지 못한 것은 그만큼 여당을 지지하는 표의 결속력이 크지 않았다고 볼 수 있습니다. 최근 실시된 7·28 재·보선에서 한나라당이 승리했지만 이러한 투표 추세는 장기적인 흐름으로 보입니다.

젊은 층이 투표장에 많이 나가는 현상은 앞으로 정치 변화로 이어질 가능성이 큽니다. 미국에서 오바마 대통령을 탄생시킨 동력이 되었던 것은 이른바 밀레니엄 세대(1978~2000년 출생자)였습니다. 50년 만에 자민당 정권을 붕괴시킨 일본의 정치 혁명도 젊은 세대들의 높은 투표율이 견인했습니다. 젊은 층의 적극적인 정치 참여는 꼭 정권 교체 같은 형태의 변화만이 아니라 정치 문화 자체를 바꾸는 쪽으로 나타날 것으로 예상됩니다. 정치 문화가 좀 더 합리적이고 타협적인 쪽으로 바뀌지 않을까 하는 기대를 갖게 합니다. 물론 이런 현상이 지금은 상대적으로 진보적인 세력에게 유리하게 나타나고 있으나 반드시 특정 정당에 유리하거나 불리하다고 단정할 필요는 없습니다. 문제는 정치권이 이러한 변화를 어떻게 보고 있으며 그에 따라 어떻게 변화해 가는가에 따라 달라질 것입니다.

학자들은 젊은 세대의 투표 참여가 느는 것은 민주주의 발전과도 부합한다고 말합니다. 18대 총선을 분석한 자료에 따르면 전체 유권자의 34%에 불과한 50대 이상 유권자가 46.7%의 투표율을 기록했습니다. 반면, 전체 유권자의 41.4%에 달했던 20~30대 유권자는 28.7%에 그쳤습니다. 물론 투표를 하지 않는 것도 의사 표시의 하나라고 볼 수는 있지만, 젊은 층의 투표 참여가 느는 것은 반가운 일임에 틀림없습니다. 이런 흐름을 잘 반영할 새로운 인물들이 정치권에 많이 진출해 우리 정치 문화를 한 단계 끌어올렸으면 좋겠습니다.

이종교배에서 강한 종이 나온다

동종 교배라는 말이 있습니다. 같은 종끼리 수정 또는 수분을 한다는 유전학 용어입니다. 동종 교배를 반복하면 유전자에 결함이 생겨 결국에는 종이 사멸하는 등 환경 변화에 취약해집니다. 이종 교배에서 강한 종이 나온다는 말은 이래서 나왔습니다. 서로 다른 유전 형질을 갖고 있는 종들이 만나야 환경 변화에 잘 적응하면서 새롭게 발전할 수 있습니다. 동종 교배의 폐해는 비단 동식물에만 국한된 것은 아닙니다.

조직도 마찬가지입니다. 한 회사에서 오래 근무하다 보면 그 조직의 논리와 문화에 자연스럽게 젖어드는 경우가 많습니다. 한편으로 보면 적응한 것이고, 다르게 보면 배타적이 됩니다.

자신이 속한 조직과 다른 논리와 문화를 가진 집단과는 좀처럼 소통하기가 힘들어집니다. '사상과 문화의 동종 교배'입니다. 이들은 우물 속에서 자신들이 보는 세상이 전부라고 믿습니다. 자연히 유연성이 줄어들고 보호 본능이 강해집니다. 바람 부는 광야로 나가 경쟁하는 문화에 익숙하지 않습니다. 새로운 수혈이 안 되고 생각과 문화가 다른 이들의 말을 듣지 않으니 조직의 경쟁력이 떨어지는 것은 당연합니다.

사람은 어떨까요? 더합니다. 역사적으로 보아도 망국이 가까워지는 왕조의 공통점 가운데 하나는 왕실 친·인척 간 통혼이었습니다. 근친 결혼입니다. 조선 왕조 말기에도 이런 일이 잦았습니다. 동종 교배는 요즘 말로 '끼리끼리'와 통합니다. 학연이나 지연, 혈연을 따라 자기들만의 세상을 만드는 것입니다. 자신들끼리는 즐거울지 몰라도 다른 이들이 보기에는 꼴불견입니다. '끼리끼리'는 이익을 위해 존재합니다.

최근 '영포회'가 화제입니다. 경북 영일·포항 출신 고위 공직자들의 모임입니다. 국무총리실에 근무하는 영포회의 한 회원이 민간인을 불법적으로 사찰했고, 역시 영포회 회원인 청와대 한 비서관에게 보고했다는 것입니다. 영포회도 동종 교배의 한

형태입니다. 순수 친목 모임으로 출발해 순기능도 있었겠지만, 이번 사건은 동종 교배의 역기능을 보여준 전형적인 사례입니다.

영포회도 문제이지만 이번 사건을 계기로 'MB 정권의 동종 교배' 문화를 한번 점검하고 고쳐야 할 것 같습니다. 핵심은 사정·정보·인사 라인에 있는 이들의 동종 교배 문제입니다. 청와대부터 시작해 이들 라인에는 대구·경북 출신들이 대거 포진해 있는 것으로 알려져 있습니다. 한마디로 서로 견제를 할 수 없는 구조입니다. 고등학교 선후배, 고향 선후배들이 관련 요직에 있으니 제대로 된 정보가 올라갈까요. 제대로 사정 작업을 할 수 있을까요. 잘못을 해도 무마할 수 있는 통로를 확보하고 있다고 생각하면 쉽게 부정 부패에 빠질 가능성이 크다는 것은 상식입니다. 지금이라도 사정·정보·인사 라인에 이종 교배를 하지 않으면 '제2의 영포회 사건'이 또 터질 수 있습니다. 메기를 투입해야 미꾸라지가 건강하게 자랍니다.

두려움이 40대를 움직였다

미국인 데이비드 모리는 선거 전략가입니다. 정치권에서 알
만한 이들은 그의 이름을 압니다. 그는 1986년 서울에서 은밀하
게 김대중 전 대통령을 만난 뒤부터 '김대중 대통령 만들기'의
막후 조력자로서 역할을 했습니다. 1997년 '김대중 대통령'이 현
실화하면서 그는 꿈을 이루었습니다. 이즈음에 숨어 있던 그의
이름도 공개되었습니다. 최근 나온 〈알파독〉이라는 책에는 그
가 김대중 전 대통령을 만나 이렇게 말했다고 기록되어 있습
니다. "투표 행위의 핵심적인 동인은 두려움이다. 사람들에게
두려움을 안겨준 다음 대안을 내놓는 것이다. 정치 캠페인의 승
리는 사람들이 두려워하는 것을 찾고 희망을 불어넣는 것이 비

결이다."

두려움의 종류는 여러 가지입니다. 당장 내 목 앞에 칼날이 번뜩이는 것만이 두려움을 주는 것은 아닙니다. 갑자기 내 돈이 사라져 닥치게 되는 경제적인 압박이 두려움으로 작용할 수도 있습니다. 내가 싫어하는 일이 현실화할 것이라는, 미래 상황에 대한 좋지 않은 예감도 두려움이 되어 스스로를 압박할 수 있습니다. 어쩌면 사람들이 어떤 사안에 대해 강한 불만을 갖고 있는 밑바탕에는 이러한 여러 종류의 두려움이 깔려 있는지도 모릅니다.

생활인들에게 외부적인 공포와 경제적인 압박이 동시에 닥친다면 두려움으로서는 아마 최악일 것입니다. 이런 때는 톡 건드리면 터지는 봉선화처럼 그야말로 불만이 극점에 다다르게 됩니다. 2010년 6·2 지방선거를 앞둔 한국의 상황이 그와 같았습니다. 이자도 없는 은행으로 돈이 몰렸습니다. 5월에만 19조 원이 넘는 돈이 은행으로 쏟아져 들어왔습니다. 유럽 재정 위기와 천안함 사태가 겹쳐 유럽계가 중심이 된 외국 자금은 한국을 빠져나가기 바빴습니다. 천안함 사태 조사 결과가 발표된 이후 '전쟁 불사' 분위기가 형성되면서, 증시는 폭락했고 환율은 요동

쳤습니다.

6 · 2 지방선거에서 20~30대들이 대거 투표장에 나왔습니다. 많은 분석가는 이 때문에 여당이 패배했다고 말합니다. 하지만 그것만으로는 설명이 부족합니다. 저는 유권자의 중심 축을 이루는 40대의 마음을 잡지 못한 것이 더 결정적이라고 봅니다. 40대가 돌아선 핵심 이유는 두려움입니다. 이렇게 가다가는 전쟁이 날 수도 있겠다는, 여당이 이기면 국정이 계속 대결 구도로 갈 것 같다는, 밀어붙이기 국정 운영이 계속될 것 같다는 따위의 두려움입니다. 주머니에서 돈이 빠져나가고 분위기는 곧 전쟁이 날 것 같으니 이보다 더한 두려움이 어디 있겠습니까.

결국, 문제는 사람입니다. 여권은 청와대, 내각, 당을 일대 쇄신할 필요가 있습니다. 새 인물로, 새로 시작해야 합니다. 유연한 사고를 가진 젊은 사람들을 요직에 포진시켜 문화와 국정 운영 행태를 바꾸라는 것이 민심의 요구입니다.

골을 넣어야 할 때 넣지 못하면
역습을 당한다

지방선거(2010년 6월)가 끝난 지 보름이 넘었습니다. 여권은 선거에서 패했습니다. 지난 정권에서 여당이 크게 패한 선거 결과를 거론하며 그에 비하면 선전했다고 보는 이들도 있지만, '영토'가 줄었으니 패배는 패배입니다. 결과가 나온 직후 충격과 놀라움을 토해냈던 여권 분위기는 요즘 사뭇 달라진 느낌입니다. 선거 결과에 대해 냉철하게 분석하는 자리도 없고, 저마다 살길 찾기에 급급한 모습입니다. 아직 대표가 자리매김을 하지 못한 탓도 있겠지만, 집권 여당으로서 듬직한 믿음을 주는 모습이 아닌 것만은 분명합니다.

여권은 월드컵 거리 응원을 벤치마킹할 필요가 있을 것 같습니다. 거리 응원은 그야말로 대단합니다. 현장에 있는 것만으로도 에너지가 솟아오릅니다. 분출하는 열기는 하늘을 찌릅니다. 승패보다는 즐기는 놀이 성격도 강합니다. 즐겁고 경쾌합니다. 밝습니다. 스트레스가 확 날아갑니다. 우리 정치도 이러면 얼마나 좋을까요. 정치인들이 이처럼 신나는 정치를 한다면 월드컵 응원 현장에 안 나와도 무어라고 하는 이들은 없을 것입니다. 물론 쉽지 않은 일이라는 것을 압니다. 그래도 희망까지 접을 수는 없는 일입니다.

지방선거 전에 민심을 자극했던 일 가운데 하나가 이른바 '김제동 사건'입니다. '김제동 쇼'가 방영되지 않은 실체가 어떤 것이건 '정권 탓'을 하는 사람들이 많았습니다. 최근 KB금융지주 이사회는 어윤대 국가브랜드위원회 위원장을 차기 회장으로 내정했습니다. 금융권에서는 "KB가 MB 되었다"라는 말이 돌고 있습니다. "자율적으로 선임했다"라는 말을 믿는 이들이 없습니다. 이런 일들이 생기면 이명박 대통령이 강조한 중도 실용 노선은 힘이 떨어집니다. 중간층이 여권에서 자꾸 떨어져 나갑니다. 여권은 선거에서 나타난 민심의 경고를 아직 정확히 체감하지 못한 것으로 보입니다. 다른 구구절절한 말이 필요 없이

'인사를 어떻게 하느냐'를 보면 본질이 드러납니다.

　한나라당에서는 전당대회를 앞두고 출마가 봇물 터지는 흐름입니다. 제각각 꿈과 야망을 갖고 당 대표에 나서겠다는 이들로 넘쳐납니다. 지금 보아서는 과거 어느 때보다 숫자가 많을 것 같습니다. 중진 의원도 있고 초·재선 의원들도 있습니다. 이러면 당에 활기가 넘치고 변화의 기운이 넘실거려야 하는데, 현실은 그렇지 않아 보입니다. 오히려 이런 흐름이 희화화되는 느낌마저 있습니다.

　이런 것들은 중심이 없기에 나타나는 현상이라고 봅니다. 무겁게 받아들이고 숙고하되, 때를 놓치지 않고 민첩하면서도 소리 없이 행동하는 모습을 볼 수 없어 아쉽습니다. 월드컵 경기에서 보았듯이 골을 넣어야 할 때 골을 넣지 못하면 반드시 역습을 당해 골을 먹습니다. 무엇이든 때를 놓치면 효과가 반감됩니다. 여권은 지금 체질 개선이나 인사 혁신 측면에서 때를 놓치고 있습니다.

묻지 마 투표, 이제 버리자

아침 출근길에 명함을 받았습니다. 시의원과 구의원에 출마하려는 이들이 지하철역 입구에서 명함을 돌리며 허리를 90°로 굽혔습니다. "○○○입니다. 잘 부탁합니다. 열심히 하겠습니다"라고 소리 높여 외쳤습니다. 제가 사는 노원구에서만 이런 풍경이 펼쳐지지는 않을 것입니다. 아마 경향 각지에서 이와 비슷한 일들이 벌어지고 있겠지요. 5월 13일부터 이루어지는 후보 등록이 끝나면 출마자들의 목소리는 더 높아지고, 허리는 더 굽혀질 것입니다.

날씨도 풀리고 상황이 이러니 이제 지방선거철이 제대로 왔구나 하는 생각이 듭니다. 전 같으면 지금쯤 정국이 완전히 선거 분위기일 텐데, 이번에는 올봄 날씨만큼이나 얼어붙었습니다. 하지만 천안함 조사 결과가 발표된 이후에는 분위기가 한껏 달아오를 것으로 예상됩니다.

선거 열기가 너무 없다고 걱정하는 시각도 있지만, 저는 오히려 기회가 될 수도 있다고 봅니다. 차분하게 후보를 돌아볼 수 있는, 꼼꼼하게 뜯어볼 수 있는 계기라는 점에서 그렇습니다. 과거에는 선거 때면 바람이 불었습니다. 어떤 때는 '탄핵 바람', 어떤 때는 '북한 바람', 어떤 때는 '지역 감정 바람' 등 바람 잘 날이 없었습니다. 이런 '바람'을 통해 치른 선거들의 결과가 어떠했습니까. 후보들을 제대로 살펴보지 않고 '바람'에 따라 뽑다 보니 검증되지 않은 이들이 공직에 다수 진출했습니다. 유권자가 무섭다는 것을 모르는 이들이, 공천권을 쥐고 있는 중앙 정치권만 바라보거나 지역 업자들과 카르텔을 형성해 이권을 나누어 먹었습니다.

최근 잇달아 터진 지방자치단체장들의 비리는 절로 악! 소리가 나오게 할 정도입니다. 행태도 백화점식입니다. 승진 대가로 돈을 받아 챙깁니다. 용도 변경을 미끼로 뇌물을 받습니다. 관급 공사를 특정 업체에 몰아주고 이권을 챙깁니다. 심지어는 별

장과 아파트까지 받은 단체장까지 나왔습니다. 특정 정당의 '텃밭'이라고 불리는 지역에서 비리 사건이 많이 터지다 보니 "정당의 공천 과정에 문제가 있었던 것 아니냐" "비리 단체장을 공천한 정당도 책임을 져야 한다"라는 말이 나옵니다. 맞는 말입니다. 문제가 된 단체장을 공천한 국회의원이나 정당은 우선 주민들에게 진솔하게 사과해야 합니다. 이런 모습을 보고 싶습니다.

유권자들은 어떻게 해야 할까요. 일단 투표를 해야 합니다. 낮은 투표율은 조직표의 힘을 키우고 선거에 대한 관심, 후보자에 대한 관심을 떨어뜨립니다. 선거 팸플릿도 열심히 읽어보고, 가능하면 유세도 직접 들어볼 필요가 있습니다. 선거 때는 물론 그 이후에도 유권자들이 관심을 갖고 살펴보면 비리는 줄어들 것입니다. '바람'에 휘둘리는 투표, 정당만 보고 찍는 '묻지 마 투표'는 이제 버립시다.

정치 철새들에게 표의 매운 맛 보여주자

난장판이라는 말이 어울릴 것 같습니다. 6월 2일 지방선거를 앞두고 정치권에서 벌어지는 행태를 두고 하는 말입니다. 전 대표와 현 대표가 서로 다른 입장을 내보이며 다투는 미래희망연대(옛 친박연대)의 모습이 대표적입니다. 서청원 전 대표와 이규택 대표는 처음에는 자신들의 정치적인 상황과 향후 입지를 염두에 두고 방향을 달리 잡았습니다. 미래희망연대는 지난 2008년 '친박연대'라는 이름으로 뚜렷한 이념이나 정체성 없이 '박근혜'라는 이름을 내세워 급조해 원내에 진출한 정당입니다. 한나라당은 이 정당과 합당을 추진하고 있는데, 서 전 대표는 지지하는 반면 이대표는 반대하다가 막판에 돌아섰습니다.

이런 사례는 때가 되면 당을 만들어 선거에 나서는 한국 정치의 고질병이 여전하다는 것을 보여줍니다. 한편으로는 우리 사회에 정치에 진출하고자 하는 이들이, 공급이 많다는 것을 반증합니다. 이른바 '정치 거품'이 한국 사회에 잔뜩 끼어 있는 것이지요. 이런 현상은 부패와도 연결됩니다. 선거철만 되면 이른바 '공천 장사'를 하거나 출마를 미끼로 지인들로부터 돈을 받아 챙기는 '선거 강도'들이 한둘이 아닙니다. 출마하거나 당을 만드는 것을 법으로 말릴 수는 없으니, 방법은 하나입니다. 유권자들이 심판관이 되는 것입니다. 표를 통해 따끔하게 혼을 내어 다시는 이런 행태가 되풀이되지 않도록 하는 수밖에 없습니다.

정당들의 이런 행태는 밑으로도 그대로 번집니다. 최근 보니 지방선거 출마를 노리는 이들 가운데 당을 옮기는 '철새'들이 적지 않습니다. 중앙 정치권의 나쁜 문화가 지역 정치권에도 번진 것입니다. 물론 전에도 그런 경우가 없었던 것은 아니지만 최근에는 그 정도가 도를 넘어섰다는 생각입니다. 어제까지만 해도 한나라당에 있던 사람이, 오늘 느닷없이 민주당에 입당하겠다고 합니다. 반대의 경우도 마찬가지입니다. 한나라당·민주당·자유선진당 등을 넘나들며 탈당과 복당을 거듭하는 이들도 있습니다. 당사자야 이런저런 이유를 댑니다만, 단순하게 보면 자신이 출마할 수 있는 당선 가능한 곳으로 옮기는 것입니다. 받아주는 당도 문제이지만 이런 출마자를 찍어주는 유권자도 문제입니다. 이번 지방선거에서는 이러한 '정치 철새'들을 모조리 낙선시킵시다. 당장 당선되지는 않더라도 묵묵히 지역을 위해 봉사하는, 그런 정치인을 보고 싶습니다. 그러다 보면 결국 주민들이 표를 주지 않을까요. 당장 표를 찾아 이리저리 옮기는 정당과 정치인들에게 더 이상 미래가 없다는 것을 보여줄 때가 되었습니다.

***

繩鋸木斷 水滴穿石 승거목단 수적천석

– 채근담 –

노끈으로 나무가 잘리고 물방울로 바위가 뚫린다.

***

청문회와 민주주의 성숙

검찰총장, 대법관에 이어 법무장관 후보자도 위장전입을
했다고 시인했습니다. 공교롭게도 우리 사회의 기본 규칙인 법
질서를 담당하는 책임자들이 법을 위반한 사실이 드러난 것입
니다. 한 신문에서 위장전입을 한 시민이 법정에서 이들을 향해
"당신들은?"이라고 묻는 뉘앙스의 만평을 실은 것을 보았습
니다. 실제 민심 밑바닥에도 이런 정서가 흐릅니다.

사실 제가 아는 한 위장전입을 하는 경우가 드물지는 않습
니다. 최근 만난 한 지인은 "여러 차례 위장전입을 했는데 이번
에 보니 앞으로 공직에 가기는 힘들겠다는 생각이 들었다"라고
했습니다. 대부분은 범법 행위를 했다는 생각보다는 편의성에

따라 서류상으로 주소지만 옮기는 것이기 때문에 쉽게 생각한 것 같습니다.

　국무위원들에 대한 국회 인사청문회가 도입된 지 6년이 되었습니다. 노무현 대통령 시절이던 2005년 6월에 관련법이 국회를 통과했습니다. 6년이면 어느 정도 기준이 확립되었을 법도 한데 아직은 미흡해 보입니다. 같은 사안에 대해 언제는 용인해 주고 또 다른 때는 낙마하는 사유가 됩니다. 이러니 '고무줄 청문회'라는 소리가 나오는 것이 당연합니다. 국회에서 '적격' '부적격' 보고서를 채택하더라도 법적인 구속력도 없습니다. 이 때문에 차분하게 과거의 업무 수행 능력이나 정책 능력을 챙겨보기보다는 정쟁에 흐르기 십상입니다.

　하지만 저는 청문회를 보며 우리 민주주의가 성숙하는 데 청문회가 큰 역할을 하고 있다고 생각했습니다. 이번만 해도 위장전입이 논란거리에 크게 오르는 것을 보면서, 앞으로 우리 사회를 이끌고 가려는 젊은이들은 최소한 '위장전입을 해서는 안 되겠구나'라고 생각했을 것입니다. 위장전입만이 아니고 법적으로 문제가 되는 부분에 대해 마음가짐을 새로이 하는 계기가 되었을 것입니다. 당사자들의 진퇴 여부를 떠나 이런 것들이 우리 사회에 주는 문화적인 변화는 큽니다. 바닥에서부터 이런 변화가 일어나면 우리 사회는 좀 더 투명해집니다.

청문회에서도 후보자들이 "부인이 한 일이어서 나는 몰랐다"라는 식으로 변명하기보다는 솔직하게 털어놓고 진솔하게 사과하면서 정면으로 돌파했다면 어땠을까 하고 생각해 봅니다. 당사자는 낙마했을지 몰라도 위장전입 문제와 관련한 기준을 만드는 데 좋은 기회가 되었을 수 있습니다.

＊＊＊

法者天下之度量 而人主之準繩也 법자천하지도량 이인주지준승야

－ 회남자 －

법은 천하의 저울이고 말이며, 지도자가 꼭 지켜야 할 먹줄이다.

＊＊＊

신뢰도 11.7%와 정치의 실종

　미디어리서치와 〈시사저널〉이 공동으로 실시한 직업 신뢰도 조사에서 '정치인'이 최하위를 기록했다. 어느 정도 예상했던 결과이기는 하지만 내용이 참 충격적이다. 신뢰도는 겨우 11.7%. '매우 신뢰한다'라고 답한 사람은 1.9%에 불과했다. 반대로 '전혀 신뢰하지 않는다'라고 답한 사람이 53.7%에 달했다. '대체로 신뢰한다'는 9.8%, '대체로 신뢰하지 않는다'는 32.8%였다. 한마디로 정치에 대한 불신이 극에 달해 있다. '정치'가 심각한 위기에 처해 있다는 것을 웅변한다.

　18대 국회는 출범할 때 나름의 기대를 받았다. 정권 출범과 때를 같이하는 만큼 다수당인 한나라당이 정권 교체의 뜻을 받들어 새로운 흐름을 만들어갈 것이라는 기대가 있었다. 이명박 대통령이 대선 당시 내세운 경제 살리기와 중도 · 실용 노선은 수도권에서 광범위한 지지를 받았다. 하지만 대통령은 거꾸로 갔다. '촛불' 민심을 정치적인 공세로 판단하고 반대파 궤멸 작전을 펼쳤다. 국민이 원한 것은 그것이 아니었다. '가장 정치적이어야 할' 대통령은 공공연하게 '여의도 정치'에 대한 불신을 내비쳤다. 국회의원들은 공천권에 발목이 묶였다. 새로운 정치 문화를 선보일 것으로 기대를 모았던 그 많은 초선 의원은 어디로 갔는지 보이지 않는다. 대신 한물간 것으로 여겨졌던 보스 정치, 계파 정치가 다시 부활하고 있다.

여당은 청와대의 힘에 눌려 있고 야당은 목소리만 높다. '그들만의 리그'에서 '그들만의 정치'가 이루어지고 있다. 배타적인 정치, 대결하는 정치, 힘의 정치이다. 이제 내용이 좀 부족하더라도 밀어붙이기보다 타협 · 조정 · 화합해서 일을 만들어가는, 그런 정치를 보고 싶다. 그렇지 않아도 18대 국회는 이미 '신기록'을 몇 개 세웠다. 82일 만에 문을 연 것, 국회의장을 42일간이나 선출하지 못한 것, 야당이 본회의장을 14일 동안 점거한 것 등이다. 여기에 더해 이제 '18대 국회 무용론'까지 나오고 있다.

그것도 국회의원들 입에서 말이다.

리더십의 불안정성을 불러오고 국가적인 에너지를 모으는 데 장애 요인으로 작용한다.

이제 새로운 정치가 요구된다. 합리적인 문화와 행태, 의식으로 무장한 신진 정치 세력이 등장하는 것은 시간문제로 보인다. 이미 국민의 수준은 현재 여의도 정치의 수준을 넘어섰다. 여당은 일방적인 밀어붙이기를 중단해야 하고 야당은 장외로 나갈 것이 아니라 국회에서 문제를 풀어야 한다. 권력지향적인 정치보다는 국민의 눈물을 닦아주는 정치, 미래를 바라보는 정치와 그런 정치가가 그립다.

＊＊＊

泰山不辭土壤, 故能成其大태산불사토양, 고능성기대

– 사기 –

태산은 한 줌의 흙도 사양하지 않는다. 그래서 큰 산이 될 수 있었다.

＊＊＊

134명 국회의원의 '나 감싸기'

　1996년 12월 26일 새벽, 당시 여당이었던 신한국당은 의원들을 동원해 7분 만에 국회에서 노동법과 안기부법을 날치기 처리했습니다. 일사분란하게 이루어진 일이어서 일부 의원들은 깔끔하게 처리했다고 만족해하기도 했지요. 그러나 후회로 바뀌는 데는 그리 긴 시간이 걸리지 않았습니다. 엄청난 여론의 역풍이 밀려와 통과된 법을 무력화시켜 버렸기 때문입니다.

　지난 8월31일 국회 본회의에서 강용석 의원 제명안이 부결된 것을 지켜보면서 그때의 광경이 떠올랐습니다. 1백11명은 찬성했고 1백34명의 국회의원들은 강의원을 제명하는데 반대했습니다. 국회의장까지 지낸 어떤 분은 "이만한 일로 의원을 제명해서는 안 된다"라는 주장까지 펼쳤다니 입이 다물어지지 않습니다. 공개적으로 당당하게 그런 말을 하다니! 국민 일반이 인식하는 상식과 너무 동떨어진 생각입니다. 이러니 국회가 '섬'이라는 소리를 듣는 것 아니겠습니까.

1996년 '노동법' 때처럼 이번 일로 인해 국회는 엄청난 역풍에 직면할 것입니다. 그것은 당장에는 보이지 않을 수도 있습니다. 그러나 국민들 마음속에 잠재되어 "바꿔야겠다"라는 결심을 하게 할 가능성이 높습니다. 여야를 떠나 기존 정치권에 대한 실망이 이만저만한 것이 아닙니다. 정치가 꿈을 먹고 사는 것이라고 하는데 어쩌면 이렇게 사람들을 절망하게 하는지…. 우리 정치의 패러다임이, 문화가 정말 변혁이 되어야 할 때가 온 것으로 보입니다. 많은 이들의 멘토 역할을 하는 안철수 서울대 융합과학기술대학원장의 '무소속 서울시장 출마설'이 파장을 일으킨 것은 이러한 시대 인식의 반영입니다. 상식의 정치, 포용의 정치, 긍정의 정치를 바라는 것이지요.

이번 기회에 국회의 '비공개 무기명 투표' 방식은 반드시 손을 보아야 합니다. 만약 강의원 제명과 관련한 투표가 '공개 기명 투표'로 이루어졌다면 이러한 결과가 나왔을까요. 아마 모르기는 몰라도 결과가 달라졌을 것입니다. 유권자들의 눈을 피할 수 있다는 생각에 일부 국회의원들이 '나 감싸기'를 한 것입니다. 겉으로는 '동료 감싸기'이지만 내용을 보면 스스로에게 방어막을 친 '나 감싸기'에 다름 아닙니다. 1백34명은 국민이 아닌 자신을 위해, 자신에게 투표를 한 것이라고 생각합니다. 제명안에 찬성하지 않은 국회의원이 이처럼 많다는 것이 슬픕니다.

여성들의 사회 진출은 빠르게 늘어나고 있습니다. 시험 성적만으로 뽑을 경우 여성들이 상위권을 차지하는 일이 다반사입니다. '여풍女風'이라는 말도 더 이상 낯설지 않습니다. 인구가 줄어드는 시골도 여성 인구가 더 많은 경우가 많습니다. 얼마 전 한 시골에서 열린 모임에 참석했었는데 사회자가 "여성들을 잘 모셔야 한다. 시골에서도 주도권을 여성들이 다 갖고 있다"라고 말하더군요. 그러나 아직 여성들이 주류를 형성한 것은 아닙니다. 공직 같은 경우에도 하위직에는 여성들이 많으나 위로 갈수록 찾아보기가 어렵습니다. 이런 측면에서 '여풍女風'은 아직도 갈 길이 멉니다.

국회는 법원에 의해 또 한 번 망신을 당할 수 있습니다. 기자에 대한 무고죄, 아나운서 모욕죄로 기소되어 재판을 받고 있는 강의원은 지난 5월 1심에서 징역 6월에 집행유예 1년을 선고 받았습니다. 의원직 상실에 해당하는 형입니다. 경우는 좀 다르지만 법원에 의해 의원직이 박탈된다면 국회는 또 한 번 손가락질을 받게 될 것입니다. 국민으로서 부끄러운 일입니다.

＊＊＊

革舊習 一刀決斷根株일도결단근주

- 격몽요결 -

나쁜 옛 습관을 혁파하라! 결단을 해 한칼에 뿌리까지 뽑아야 한다.

＊＊＊

같은 일이라도 '사람'에 따라 차이가 난다

　얼마 전 전세를 살 때 일입니다. 계약 만료일이 다가오자 집주인으로부터 전화가 왔습니다. 전세금을 올려달라는 것입니다. 이미 짐작은 하고 있었기에 '얼마를요?' 물었습니다. 9천만원을 올려달라고 했습니다. 9천만원! 깜짝 놀랐습니다. 갑자기 머리가 뜨거워졌습니다.. 하루아침에 9천만원이라니! 그 큰돈이 어디서 생기겠습니까? 다르게 선택할 수 있는 길이 없었습니다. 아내에게 말했습니다. "우리 집으로 돌아가자." 저는 돌아갈 집이라도 있지만, 그렇지 못한 이들은 이런 날벼락에 얼마나 황망해할까 하는 생각이 들었습니다. 아무리 오른다고 해도 정도가 있지, 이 정도면 좀 심했습니다. 물론 더 심한 경우를 겪은

독자들도 있으시겠지요. 이런 상황에 처하고 보니 먼저 집주인 얼굴이 떠오르고 세상이 왜 이렇게 되었나 하는 생각이 들어 서글퍼졌습니다. 미워하는 마음이 생겼습니다.

집 근처 마트에 가보니 손님이 줄었습니다. 분위기도 활기가 없습니다. 장바구니가 가볍습니다. 돼지고기는 물론 배추, 파, 무우, 양파에서 고무장갑, 과자값까지 웬만한 것은 다 올랐습니다. 도시가스비도 오르고 경유, 상수도 요금도 예외가 아닙니다. 피부로 느끼는 체감 물가는 더 떨어졌습니다. 일단 심리적으로 위축되어 덜 사게 됩니다. 이것은 서민 경제의 어려움으로 이어집니다. 아파트 상가에 있는 슈퍼 아저씨는 "장사가 더안 된다"라고 말합니다. 안타까운 마음이 들었습니다.

학기 초이다 보니 아이들은 요구 사항이 많습니다. "신발을 바꿔야 한다" "문제집을 사야 한다"…. 등록금 고지서도 나와 있습니다. 이래저래 돈 들어갈 일들이 파도처럼 밀려오는 때입니다. 회사 일에 집중하기도 힘든 판에 자꾸 신경 쓸 일이 생기니 기분이 좋을 리 없습니다. 봄기운이 오고 있음에도 맘껏 즐길 여유를 가질 수가 없게 됩니다. 자꾸 혼잣말이 나옵니다. "세상이 왜 이렇게 됐지?"

똑같은 현실도 어떤 때는 크게 느껴지고 어떤 때는 작게 느껴집니다. 같은 사안이라도 어떤 사람이 집행하느냐에 따라 원활하게 추진되기도 하고 벽에 부딪혀 좌초되기도 합니다. 같은 현실인데, 같은 사안인데, 이처럼 '사람'에 따라 차이가 납니다. 이유가 무엇일까요. 저는 '마음' '신뢰'라고 생각합니다. 저 사람이 나를 생각하고 있다, 저 사람이 하는 일은 믿을 수 있다는 의식입니다.

이명박 대통령은 진작부터 부지런하기로 소문 나 있습니다. 새벽부터 일어나 밤 늦게까지 분초를 다투며 열심히 일한다고 합니다. 젊었을 때부터 몸에 밴 습관이겠지요. 그러나 지금 사람들은 이대통령을 보며 '우리 대통령' '믿을 만한 대통령'이라고 생각하지 않는 것 같습니다. 대통령은 국민의 '마음'을 얻지 못했고, '신뢰'를 쌓는 데 실패했습니다. 감동을 주지 못합니다. 이것은 성과의 문제와는 다릅니다. 이 때문에 국민들은 일상을 더 힘들고 피곤하다고 느끼며 분노하고 있습니다. 전세 대란, 구제역, 물가 폭등…. 지금은 성과를 말하기보다 마음을 어루만져야 할 때입니다. 민심은 바다와 같습니다.

중국 눈치보기 너무하다

불과 20년 전만 해도 중국은 우리에게 먼 나라였습니다. 1992년에야 우리나라는 중국과 수교를 했습니다. 사실 그때만 해도 '중국'이라는 단어보다는 '중공'이라는 단어가 더 익숙했습니다. 그런데 어느 순간부터 중국이 우리 속으로 들어왔습니다. 양국의 교역량이 늘면서 2012년에는 2천억 달러를 달성할 것으로 예상됩니다. 우리 사회 일각에서 미국을 다시 보자는 흐름이 일면서 한때는 '반미, 친중' 분위기가 형성되기도 했습니다. 그것이 마치 민족적인 것처럼 포장되기도 했었습니다. 그만큼 우리가 중국을 가깝게 느끼고 있다는 이야기도 됩니다.

최근 중국의 기세는 실로 하늘을 찌를 것 같습니다. 경제나 국제 정치적인 측면에서 중국을 빼놓고 세계 흐름을 논할 수가 없습니다. 대다수 학자는 앞으로 중국의 시대가 열릴 것이라고 예견합니다. 그러나 세계적인 국제 정치 분석가인 조지 프리드먼 같은 사람은 미래 예측서인 〈100년 후〉에서 "전혀!"라고 말합니다. '중국의 성장률이 언제까지나 지속되리라는 보장은 없다. 경기 순환은 어느 시점에서 경기 둔화의 틈을 타 반드시 추한 얼굴을 들게 마련이다. 성장에는 구조적인 한계가 있으며 중국은 한계점에 근접하고 있다.' 그는 오히려 중국의 혼돈을 점치며 앞으로 100년간 미국의 시대가 활짝 열릴 것이라고 예측합니다.

미래가 어찌 될지 알 수 없지만 분명한 것은 우리의 '중국 눈치 보기'가 심각할 정도라는 것입니다. 역대 정권도 예외가 아니었습니다. 중국의 반대에 굴복해 달라이 라마의 방한이 무산된 적이 한두 번이 아닙니다. 타이완 총통 취임식에 참석하려던 국회의원들이 중국대사관으로부터 전화를 받고 불참한 사건도 있었습니다. 최근에는 서해에서 있을 예정이던 한·미 합동 군사 훈련이 느닷없이 동해를 중심으로 하는 것으로 바뀌었습니다. 우리만의 문제가 아니라 미국이 관련된 것이기는 하지만, 우리 영해에서 실시하는 훈련인데도 중국이 반대하자 내용을 바꾸는 것은 쉽게 납득이 되지 않습니다. 중국은 2008년 5월 북한에 이상 상황이 발생할 경우를 가정해 이른바 '압록강 도하 훈련'까지 하지 않았습니까. 중국은 과거 역사와 한국전쟁의 경험에서 보듯이 한반도에 물리력을 통해 직접, 그리고 즉시 영향력을 행사할 수 있습니다.

지정학적으로 우리나라는 대륙 세력과 해양 세력이 만나는 접점에 위치해 있습니다. 미·일·중·러 4강이 각축하는 세력권의 복판에 있습니다. 게다가 분단국입니다. 자칫하면 강대국에 휘둘리기 십상입니다. 반대로 현명하게 움직이면 지렛대 역할을 할 수 있습니다. 중요한 것은 우리가 확고하게 중심을 잡아야 한다는 것입니다. 정부가 말은 신중하게 하되 행동은 단호하게 하는 모습을 보이는 것이 바람직합니다. 말과 행동이 다를 때 정부에 대한 국민의 신뢰는 낮아질 수밖에 없습니다.

북한 김정은의 권력 세습,
시대에 한참 뒤떨어졌다

  '정관의 치'라 불리는 당나라 황금 시대의 문을 연 군주로 불리는 당 태종은 형인 황태자 이건성을 활로 쏘아 죽이고 옥좌를 차지했습니다. 조선의 태종 이방원도 이복동생인 방석, 방번과 넷째 형인 방간 등을 무참하게 제거하고 첫째형인 방과에게 2년 동안 잠시 자리를 맡긴 뒤 임금이 되었습니다. 권력의 정점을 차지하기 위한 이러한 혈육 간의 쟁투는 사극의 단골 소재가 되어 우리에게도 낯설지 않습니다. 피도 눈물도 없는 것이 권력이라는 말은 이래서 나옵니다.

  북한은 김정일 국방위원장의 3남 김정은으로 후계 체제를 구축했습니다. 후계가 확정된 것은 아니지만 얼개를 그렇게 짰습니다. 커다란 이변이 없는 한 북한은 앞으로 '김정은의 나라'가 될 것입니다. 격변기 북한에서 봉건 시대에나 볼 수 있었던 권력 쟁투가 일어날지 여부는 알 수 없습니다. 불씨는 있습니다. 김위원장의 장남인 김정남이 "김정은은 김옥의 아들이다"라고 말하고 다녔다는 얘기가 있습니다. 김영숙·고영희·김옥 등 '김정일의 여인들'이 낳은 자녀들이 여럿입니다. 김위원장의 여동생 김경희가 당대표자회에서 남편 장성택을 제치고 정치국 위원으로 올라선 것은 혹 있을지 모를 혈육 다툼을 미리 제어하고자 하는 의도로 읽힙니다.

권력 세습은 '북한의 특수성'을 감안한다고 해도 우리에게는 이해하기 힘든 장면입니다. 김정은은 오로지 김정일 국방위원장의 아들이라는 이유만으로 후계자로 내정되었습니다. 북한 주민들 가운데도 그가 누구인지, 그가 어떻게 생겼는지 모르는 이들이 많습니다. 조선 시대 세자를 책봉하는 것처럼 그는 '그들만의 리그'를 통해 지도자로 내정되었습니다. 북한의 정식 국호는 '조선민주주의인민공화국'이지만 그 어디에도 '민주주의'나 '인민'은 없습니다. 시대에 뒤떨어져도 한참 뒤떨어진 지도자 선출 행태입니다.

어쨌든 '현실 권력'인 김정은의 등장은 그만큼 한반도의 불안정성이 커졌다는 것을 의미합니다. 북한이 어떤 방식으로 '김정은 리더십'을 세워갈지에 따라 달라지기는 하겠지만, 과거 사례로 보면 갈등이 더 커질 가능성이 큽니다. '솔방울로 수류탄을 만드시고…'라는 식의 영웅 만들기를 하기 위해서는 무언가 소재가 필요하기 때문입니다. 게다가 김정은은 오랜 기간 후계자 수업을 거친 김정일 위원장과 달리 속성으로 과정을 밟고 있습니다. 한마디로 실적과 경험이 부족합니다.

이미 '2인자'로 모습을 드러낸 이상 북한은 '김정은 영웅 만들기'에 돌입할 것으로 보입니다. 이미 천안함 사건이나 연평도 포격 사건을 통해 그 일단을 선보였습니다. 일각에서 김정일 위원장 사후에나 변화가 시작될 것이라고 관측하지만, 흐름으로 볼 때 시기가 훨씬 빨라질 가능성이 있습니다. 우리는 주변국들과 협력해 다양한 측면에서 북한의 움직임을 주시하면서 모든 가능성에 철저히 대비할 필요가 있습니다.

한반도에 전쟁이 있어서는 안 된다

역시 북한이었습니다. 지난 5월 20일 천안함 사건 합동조사단의 발표 내용은 그동안 짐작으로만 존재했던 것을 확인해주었습니다. 한마디로 북한의 연어급 잠수정이 쏜 어뢰에 의해 천안함이 침몰했다는 것입니다. 조사단의 발표에 의문을 제기하는 이들은 연어급 잠수정의 실체, 100m 물기둥의 존재, 어뢰가 전혀 탐지되지 않은 것 등을 들어 고개를 갸웃거립니다. 조사단의 발표 내용이 이러한 '합리적인 의심'을 완전히 해소시켜주지 못한 것도 사실입니다.

그러나 조사 결과를 뒤집을 만한 반증이나 사실이 없는 상태에서 추론에 근거해 결과를 부정하는 것은 옳지 않습니다. 조사단에는 국내 민간 전문가 25명과 미국·호주·스웨덴 등의 외국 전문가 24명이 참여했습니다. 우리만의 조사가 아니라 국제적으로 공조를 이루어 진행한 조사였습니다. 북한이 공격했다는 것을 입증한 결정적 증거가 된 어뢰 잔해를 백령도 바닷속에서 건져 올린 어부의 증언도 나왔습니다. 조사단의 조사 결과는 현 단계에서 최선을 다한 내용물로 보입니다.

북한은 강력하게 부인했습니다. 새삼스러운 것은 아닙니다. 김정일 위원장의 건강 상태와 후계 체제 구축, 어려운 경제 상황 등을 감안하면 북한은 내부를 결속시키기 위해서라도 당분간 강공 흐름을 이어갈 가능성이 큽니다.

북한에 대한 대응 조치를 취하는 것과 별개로 이번 사태를 계기로 우리 정부는 체계를 가다듬어야 합니다. 보고 체계·매뉴얼 등에 구멍이 숭숭 뚫린 것으로 드러난 이상 보완이 필수적입니다. 군의 전반적인 분위기를 쇄신하기 위해 책임을 묻는 일도 이제 생각해볼 때가 되었습니다. 북한 잠수정이 서해 우리 영역을 제 집처럼 드나들며 초계함을 침몰시켜 46명의 목숨을 앗아갔으니 반드시 누군가 책임을 져야 합니다.

임금이 정치를 잘해 누가 임금인지도 모르는 시대가 태평성

대라고 하는데, 지금이 태평성대가 아닌 것은 분명해 보입니다. 손자병법에서는 싸우지 않고 이기는 것이 병법의 으뜸이라고 했는데, 우리 주변에는 기회만 되면 싸우려고 하는, 싸움을 자꾸 부추기는 이들이 있습니다.

남북이 군사적으로 직접 충돌하는 일은 절대 있어서는 안 됩니다. 북한에 대한 조치는 취하되 인도적인 교류나 개성공단 사업 같은 것은 끝까지 유지해야 합니다. 남북은 과거에도 충돌했지만, 긴 안목에서 보면 평화를 확대하는 쪽으로 관계가 조금씩 진전되어왔습니다. 천안함 사건에 대한 대응도 여기에 즉자적으로 매몰되기보다는, 어떻게 하면 한반도에 평화를 정착시킬 수 있는가 하는 패러다임 전환이라는 측면을 현 정부가 심사숙고했으면 합니다.

Part 2

간판 시대의 종언

등록금 빚을 생각한다

저는 1986년부터 대학에 다녔습니다. 고등학교는 충남 부여에 있는 부여고등학교를 졸업했습니다. 집에서 한 시간 걸려서 통학하던 길은 고교 2학년 때가 되어서야 포장이 되었습니다. 먼지가 자욱하게 일어나다가 어느 날부터인가 차창 밖이 깨끗하게 보이는데, 신기하더군요. 3학년 때 대학 입학시험을 치르기 위해 '도시' 대전에 처음 가보았습니다. 단 하루였지만 눈이 휙휙 돌아가던 느낌이 지금도 생생합니다.

대학에 떨어져 재수를 하기 위해 1985년 처음 서울에 왔습니다. 저는 의도적으로 '도시'를 외면했습니다. 마음을 굳게 먹었습니다. 재수 1년간 제가 한 일이라고는 친척집과 학원을 오간 것이 전부였습니다. 친구를 만나지도, 시골 부모님을 찾지도 않았습니다. 공부하는 것이 하루 일과의 전부였습니다. '능력이 부족하니 열심히 하는 수밖에 없다'라는 것이 당시 스스로에게 한 다짐이었습니다. 이렇게 해서 대학에 진학했습니다.

일단 당시 80만원 정도였던 입학금을 마련하는 것이 쉽지 않았습니다. 부모님은 가진 돈이 없었고 두 살, 네 살 위인 형들도 공부하거나 풀칠을 하느라 정신이 없었습니다. 결국 서울에 살던 친척이 나서서 고교 선배들 몇몇에게 호소해 간신히 입학금을 마련해 아슬아슬하게 입학을 할 수 있었습니다. 학교에 들어간 뒤에도 '돈'과의 전쟁은 계속되었습니다. 당시에도 정부로부터 학자금을 융자받는 제도가 있었습니다. 제가 기댈 수 있었던 유일한 버팀목이었습니다. 3학기 정도 융자를 받았던 것으로 기억합니다.

그러나 결국은 졸업 이후 갚아야 할 빚이고 마냥 융자를 받을 수도 없어 닥치는 대로 아르바이트를 했습니다. 호텔 회갑연 등에서 서빙하기, 학교 주차 안내원, 과외, 아파트에 홍보 전단지 뿌리기, 건설 공사 현장에서 벽돌 나르기, 공사 현장 지키기…. 아르바이트, 융자, 선배들의 도움으로 대학을 졸업했습니다. 졸

업 이후 남은 것은 빚이었습니다. 저는 부모님의 도움 없이 제 힘으로 결혼을 준비했고, 광부가 된 부모님은 몇 년간 등록금 빚을 제 대신 갚았습니다.

등록금 때문에 거리에 나선 대학생들을 보노라면 그 시절이 생각나 마음이 짠합니다. 그때는 집안 형편이 어려우니 이렇게라도 해서 학교를 다녀야지 하는 생각이었는데 요즘은 양극화가 심해져 상대적 박탈감이 훨씬 큰 것 같습니다. 게다가 취업도 그때만큼 안 되는 상황에서 등록금은 날로 오르니 분기가 탱천할 만도 합니다. 숫자가 문제가 아니라 등록금 때문에 자살하는 학생까지 생겼다는 것은 실로 심각한 문제입니다. 공부하고 싶은데 돈이 없어서 공부를 하지 못한다면 그 사회가 제대로 된 사회는 아닙니다.

정치권에서 주장하는 '반값 등록금'은 레토릭은 좋으나 실현 가능한지는 의문입니다. 이목을 잡아끄는 효과는 있을지 모르지만 '반값 등록금' 현실화에는 넘어야 할 고개가 한둘이 아닙니다. 괜히 기대감을 높여놓지 말고 '등록금 인하'라고 하는 것이 좀 더 현실적이고 정직한 것 같습니다. 사회적으로는 장학금·기부금 등을 활성화해야 합니다. 대학들도 이제는 등록금

만 바라보지 말고 좀 더 다양한 수익원을 창출하는 데 나서야 합니다. 무엇보다 '대학을 나와야 사람 취급을 받는' 문화를 바꿀 필요가 있습니다.

* * *

則萬物莫不有즉만물막불유

– 장자 –

세상 만물치고 쓸모 없는 것은 없다.

無用之用무용지용

– 장자 –

쓸모없는 것도 쓸모가 있다.

* * *

윗물부터 맑아야 군대가 산다

1990~91년이니 20년 전 군에 근무할 때 일입니다. 지금도 잊히지 않는 일이 있습니다. 그러나 그저 옛일이라고만 치부할 수는 없을 것 같습니다. 최근 해병대 대원의 총기 사망 사건을 보며 어쩌면 지금도 그때와 마찬가지일 것 같다는 생각이 들었습니다. 일부 군 지휘관들의 무능과 무사안일함 말입니다.

당시 전방 철책부대에서 한 사병이 동료를 쏘고 자살한 사건이 있었습니다. 그 사병이 근무하던 소대의 소대장은 저와 안면이 있는 사람이었습니다. 사건이 발생하고 어느 정도 시간이 흐른 뒤 만난 소대장은 제게 충격적인 얘기를 했습니다. "사건이 발생했다는 소식을 듣는 순간 제일 먼저 떠오른 생각이 면담일지였다"라는 것입니다. 그는 사건 수습은 뒷전으로 미루고 먼저 소대장실로 달려가 미친 듯이 자살한 병사와 평소 꾸준하게 면담을 했던 것처럼 면담일지를 꾸몄다고 말했습니다.

상부에서 사건에 대해 조사를 나왔을 때 본인의 책임을 면하기 위해 '문제 병사'를 그동안 성실하게 '관리'해왔다는 입증 자료가 필요했던 것이지요. 해병대 총기 사고를 보며 그때의 소대장을 떠올렸던 것은 지휘관들이 평소 병사들과 '면담'을 하는 등 실질적인 관심을 기울였다면 이번 사태는 막을 수 있지 않았을까 하는 생각에서입니다. 조사 결과를 보면 국방부는 이미 올 초부터 해병대 내에 광범위하게 가혹 행위와 왕따가 이루어지고 있다는 것을 알고 있었습니다. 사건을 일으킨 김 아무개 상병 또한 이른바 '특별 관리 대상'이었음에도 관리가 되지 않고 네 명을 사망케 하는 대형 사건을 일으켰습니다. 이렇게 될 때까지 해병대 지휘부는 무엇을 했던 것일까요.

최근 상황을 보면 '최고의 강한 군대'라는 해병대는 윗물부터 문제가 있습니다. 해병대 사단장이 취임 한 달도 안 되어 사령관을 음해한 혐의로 보직 해임된 뒤 구속되었습니다. 해병대 영관 장교 등 10여 명은 물론 해병대 사령관까지 군 검찰의 조사를 받았습니다. 이런 상황이니 아랫물이 맑을 리 없습니다. 병장이 이병을 폭행해 전치 5주의 상처를 입혔음에도 축구를 하다가 다친 것으로 꾸미는가 하면, 해당 대대장은 이런 사실을 상급 부대에 보고조차 하지 않았습니다. 이쯤 되면 '해병대'라는 이름이 무색할 정도입니다.

꽃다운 청춘을 군에서 보내던 아들이 차가운 시신으로 돌아온다면 눈이 뒤집히는 것이 당연합니다. 저는 군에서 근무할 때 이러저러한 사고로 죽은 병사들의 장례식에 몇 번 가본 적이 있습니다. 아수라장도 그런 아수라장이 없습니다. 사고로 숨진 병사의 친·인척들의 울부짖음이 얼마나 처절한지 가슴을 후빕니다. 당사자가 자살한 사고도 이러한데 하물며 이번 사건처럼 졸지에 사고로 목숨을 잃은 자식을 둔 부모들의 마음이 어떠할지는 짐작이 갑니다. 당시의 장면이 떠올라 참으로 마음이 아픕니다.

군은 이번 기회에 '윗물'부터 기강을 엄정히 해야 합니다. 상급자들은 모범을 보이고 일선 부대 지휘관들은 정성 어린 마음으로 부대원을 관리하는 데 심혈을 기울여야 합니다. 국민과 국가를 지키는 보루인 군이 신뢰를 잃는다면 우리 모두의 불행입니다.

***

其身正 不令而行기신정 불령이행

其身不正 雖令不從기신부정 수령부종

– 논어 –

지도자가 바르면 명령을 하지 않아도 저절로 행해지고

지도자가 바르지 않으면 명령을 내려도 아무도 따르지 않는다.

***

지역 개발, 생각의 전환이 필요하다

좀 심하게 표현하면 시골에 갈 때마다 늘어나는 것이 도로입니다. 전에는 없던 길이 새로 생깁니다. 이름도 가지가지입니다. 우회도로, ○○대로, 고속화도로…. 지금도 산허리를 잘라 새 도로가 생기고 있습니다. 시골 마을 중앙을 거치지 않고 돌아서 좀 더 빨리 가기 위한 길입니다. 덩달아 강을 가로지르는 다리도 계속 생깁니다. 시골은 서울처럼 교통 체증도 없는데 말입니다. 고가도로가 생기는 통에 시골에서도 예전처럼 온전히 하늘을 볼 수 없는 경우도 있습니다. 어쩌면 도시보다도 감시 눈초리가 덜한 시골의 환경 파괴가 더 심하게 진행되는지도 모릅니다. 나무로 우거졌던 산허리가 허옇게 파헤쳐진 것을 보면 마치 살이 잘려나간 것 같아 마음이 아픕니다.

어느 사이엔가 우리는 문명의 편안함에 너무 길들여져 있는 것은 아닐까 하는 생각이 듭니다. 걸어갈 수 있는 거리인데도 자동차를 타고 가 헬스클럽에서 운동을 하고 자동차를 타고 돌아오는 격이라고나 할까. 꾸불꾸불하고 돌아가더라도 좀 여유를 갖고 가면 안 될까요. 꼭 직선도로를 쌩쌩 달려가야만 하는 것일까요. 이것은 우리의 정신, 마음가짐의 문제입니다.

대개의 경우 이러한 '개발' 막후에는 정치인이나 지방자치단체장들이 있습니다. 그것이 지역민들을 위한다고 생각하고 그런 공약을 막 내놓습니다. 그리고 그것이 대단한 업적이라며 홍보하기에 바쁩니다. 과연 거기에 막대한 국민 세금을 들였을 때 그만한 효과를 거둘 수 있는지, 실질적으로 지역민들에게 어떤 도움이 되는지, 지킬 수는 있는 것인지 등은 순위에서 밀립니다. 표를 얻기 위한 인기성 발언이나 무조건적인 '우리 고장 사랑'에 바탕을 둔 사업은 제대로 궤도를 가기가 어렵습니다.

논란이 되는 동남권 신공항도 마찬가지입니다. 과연 지금 우리 상황에서 엄청난 자금이 드는 새로운 공항을 건설하는 것이 필요한 것인가에 의구심이 듭니다. 지금 영남권에 있는 김해 ·

대구·포항·사천·울산 공항도 운영이 간단치 않은 상황입니다. 그런데 또 공항을 만든다? 국가 전체적인 측면에서 보았을 때 이것은 아니라는 생각이 듭니다. 수도권과 지역의 갈등으로 몰아갈 일은 더더욱 아닙니다.

이명박 대통령은 동남권 신공항 공약을 지키지 못한 것에 대해 사과했습니다. 이를 계기로 정치인들이 지키지도 못할 공약을 남발하는 행태가 고쳐졌으면 합니다. 민주당과 박근혜 전 한나라당 대표는 동남권 신공항을 다시 추진하겠다는 뜻을 비쳤습니다. 이들이 실제로 내년 대선에서 이것을 공약으로 내걸지는 두고 볼 일입니다.

이제 '개발 위주' '한 건 위주'의 지역 발전 방식에 대해 정부와 지방자치단체, 지역민들이 다른 길을 찾을 때가 되었다고 생각합니다. 지금 전국에 드라마 세트다 뭐다 해서 국민 세금을 때려 넣고 유지·보수를 제대로 못하는 시설물들이 얼마나 많습니까. 다른 비전을 찾아야 합니다. 유형의 건축물이나 도로를 짓는 데 열중하기보다 이제는 자연과의 조화, 문화를 함양하고 역사를 지키며 정신을 살리는 것에서 발전의 동력을 삼아야 할 때입니다. 우리 스스로의 생각을 바꾸어야 합니다.

일본 지진 사태에서 진정으로 배워야 할 것

아는 이 중에 이런 사람이 있습니다. 사업을 하다가 지금은 그만두었는데 아들이 넷 있습니다. 이들 중 세 명이 결혼을 했습니다. 그런데 결혼할 때마다 일가 친척들에게만 아들이 결혼한다는 사실을 알렸습니다. 축의금도 일절 받지 않았습니다. 저는 사회를 보기 위해 식장에 갔었는데, 일가 친척이 아닌 사람으로는 제가 유일했습니다. "중요한 일이 있으니 날짜를 비워놓으라"라고 해서 그렇게만 알고 있었는데, 결혼 전날 "아들이 내일 결혼하니 사회를 봐 달라"라고 하시더군요. 당연히 깜짝 놀랐습니다.

이쯤 되면 독자들은 그가 엄청난 부자라고 생각하기 십상입니다. 천만입니다. 이런저런 모임에서 대표를 맡고, 여기저기 봉사를 많이 해서 인맥이 너르기는 하지만 이 땅을 살아가는 보통 사람일 뿐입니다. 나중에 알음알음으로 혼사가 있었다는 것을 알게 된 주변 사람들이 따지는 바람에 그의 입장이 난처해지기도 했습니다. "어쩌면 한 명도 아니고 세 아들을 장가보내면서 한 번도 알리지 않을 수 있느냐. 서운하다"라는 것이지요. 그는 "죄송하다"라면서 그들에게 오히려 밥을 사더군요. 그렇다고 그가 평소 다른 이들에게 부조를 안 한 것도 아닙니다. 열심히 했지요.

왜 그는 아들들의 결혼식에 청첩장을 내지 않고 부조를 받지 않았을까요. 그는 이렇게 말했습니다. "결혼식의 겉치레가 너무 심하다. 진정으로 축하하는 자리가 아니라 신랑·신부가 누구인지도 모르고 밥 먹고 떠들다가 헤어지는 식이다. 나라도 검소하고 조촐하게 치러야겠다고 생각했다." 벌써 10년 가까이 된 일들이지만 아는 이들은 가끔 만나면 지금도 이 얘기를 합니다. "지독한 사람이다"라고들 하며 웃습니다. 존경하는 마음이 그 웃음 속에 들어 있습니다.

지난 3월 16일 김무성 한나라당 원내대표가 양가 친척들만 모여 극비리에 딸의 결혼식을 치렀다는 뉴스를 보았습니다. 김대표는 돈이 많은 사람입니다. 앞서 거론한 인사와는 비교가 안될 정도입니다. 하지만 돈이 많다고 해서 누구나 이렇게 할 수 있는 것도 아닙니다. "돈이 많은 이들이 더 돈에 집착한다"라는 말도 있지 않습니까? 이런 측면에서 김대표는 충분히 칭찬받을 만한 자격이 있습니다.

문화를 바꾸기 위해서는 우리 사회를 이끄는 이들, 특히 정치인들이 김대표처럼 감동을 주는, 아름다운 모습을 더 보여주어야 합니다. 리더들이 각종 부동산 투기에 이름이 오르내리고 세금 탈루 의혹, 병역 기피 의혹에 시달리면 감동 대신 혐오감이 싹틉니다. 그렇게 되면 사회 전체적으로 질서가 잡히지 않고 지도층에 대한 신뢰가 생기지 않습니다. 자연히 권위가 무너집니다.

일본인들이 대지진의 재앙 속에서도 침착함을 잃지 않고 질서를 지키며 서로를 위하는 모습은 세계인들을 감동시켰습니다. 오랜 문화적인 바탕에서 기인한 것이지만 밑바닥에는 지도자와 자신이 속한 조직, 사회에 대한 신뢰가 깔려 있다고 봅니다. 일본 지진 사태에서 우리가 진정 배워야 할 것은 안전에 대한 점검보다도 이러한 측면이 아닐까요.

＊＊＊

無信不立무신불립

– 논어 –

신뢰가 없다면 존립할 수 없다.

＊＊＊

고려대의 양식을 믿는다

'민족의 미래를 꿈꾸는 자, 고대로 오라!' 지금도 기억에 또렷합니다. 교문 오른쪽에 붙어 있던 플래카드. 처음 교문을 들어서며 보았던 그 글귀가 25년이 지난 지금도 잊히지 않습니다. 알 수 없는 자부심이 가슴에 밀려오던 기억이 납니다. 운동장 오른편에는 호랑이 상이 있었습니다. 지구를 거머쥐고 포효하는 호랑이 형상입니다. 거기에는 시인이었던 조지훈님이 지은 다음과 같은 비문이 새겨져 있습니다.

민족民族의 힘으로 민족民族의 꿈을 가꾸어 온
민족民族의 보람찬 대학大學이 있어

너 항상恒常 여기에 자유自由의 불을 밝히고

정의正義의 길을 달리고 진리眞理의 샘을 지키느니

지축地軸을 박차고 포효咆哮하거라.

너 불타는 야망野望 젊은 의욕意慾의 상징象徵아.

우주宇宙를 향한 너의 부르짖음이

민족民族의 소리 되어 메아리치는 곳에

너의 기개氣槪, 너의 지조志操, 너의 예지叡智는

조국祖國의 영원永遠한 고동鼓動이 되리라.

군사정권의 폭압 속에서 정신적으로 방황하던 그 시절, 괴로울 때면 이 호상 비문을 읽으며 마음을 달래던 고대생들이 적잖았습니다. 저도 그 중 한명이었지요. 그래도 그때는 힘든 시절이었지만 힘든 줄 몰랐고 '민족고대'의 강한 자부심을 느끼며 생활했던 시절이었습니다.

뜬금없이 대학 시절 이야기를 늘어놓은 이유는 고대 의대생들의 성추행 사건과 관련한 학교 측의 조치에 대한 분노 때문입니다. 거기에는 제가 아는 '민족 고대'의 자부심이 없습니다. 아직 확정되지는 않았지만 학교 측은 가해 학생들에게 출교 조치가 아닌 퇴학 조치를 내리기로 결정한 것으로 알려졌습니다. 다시 학교로 돌아올 수 있는 길을 열어 준 것이지요.

집에 가니 소식을 들은 아내가 격한 말을 쏟아냈습니다. "고려대 왜 그래? 정신 좀 차리라고 그래!" 초 · 중학생인 두 딸도 덩달아 대화에 끼어들어 한 목소리씩 합니다. 어린 딸들이지만 이 문제에 큰 관심을 가지고 있습니다.

학교 측에서 이 사안을 법적인 관점이나 하나의 '실수' 차원으로 보는 것은 아닌지 모르겠습니다. 그러나 이미 사회 문제화한 사건입니다. 상식적인 선에서 빨리 결정을 내렸어야 할 사안인데 지금껏 질질 끌고 있습니다. 이 사안에 대한 결정이 어떻게 내려지는가 하는 것은 어쩌면 한 학교 차원을 넘어 한국 지식 사회의 수준 · 정서와도 관련이 있다고 보입니다. 이러한 폭력, 강자에 대한 관용을 대학에서마저 관대하게 용인한다면 실로 약자들에게 남는 것은 분노뿐일 것입니다. 그리고 그 분노는 언젠가 분출될 것입니다.

명성을 쌓는 것은 참으로 어려운 일이나 잃는 것은 한순간입니다. 그 바탕은 신뢰입니다. 고려대가 오랫동안 쌓은 명성을 이번 사건으로 인해 잃지 않도록 학교 측이 현명한 결정을 내렸으면 합니다.(이 글은 8월 중순에 썼다. 고려대는 2주 뒤인 9월 5일 이들 학생들에 대해 출교 처분을 내렸다)

***

和光同塵화광동진

- 도덕경 -

잘남을 줄여 주변과 조화를 이룬다.

***

연탄나눔으로 대신한 송년회

'연탄재 함부로 발로 차지마라 너는 누구에게 한번이라도 뜨거운 사람이었느냐' 안도현 시인의 시 '너에게 묻는다'입니다. 지금은 풍경이 많이 달라졌지만 '겨울' 하면 생각나는 것 가운데 하나가 연탄입니다. 방구들을 뜨겁게 달궈주던 연탄, 한 번쯤은 마셔보았을 연탄가스, 시린 손을 호호 불며 집게로 연탄을 갈던 추억, 혹여 꺼질세라 구멍을 맞추느라 신경 썼던 그 시절. 저는 1985년부터 1994년까지 연탄을 때며 살았습니다. 그 전에는 나무를, 그 이후에는 도시가스가 방을 따스하게 해주었지요.

2010년 11월20일, 〈시사저널〉 임직원들은 때 이른 송년회를 가졌습니다. 남과 북에 연탄으로 사랑을 전하는 단체인 사단법

인 '따뜻한 한반도 사랑의 연탄나눔운동'의 도움을 받아 서울 강남 구룡마을에서 연탄 나눔 봉사 활동을 했습니다. 구룡마을은 '강남의 섬' '무허가 판자촌'으로 널리 알려진 마을입니다. 이런저런 말도 있었지만 직접 가보니 어렵게 사는 분들이 정말 많았습니다.

우리는 연탄 2천장을 2시간 남짓 걸려 10가구에 나누어 배달했습니다. 거개가 이런 일이 처음이었는데도 다들 열심이었습니다. 처음에는 말없이 연탄만 나르더니 중반 이후에는 하나 둘 얼굴에 '흔적'이 생기면서 웃음꽃이 점점 늘었습니다. 끝날 때쯤 되니 모두들 연탄 배달부가 된 모습이었습니다. 다른 이에게 봉사를 했다기보다는 자신이 변화되었다는 느낌이라고나 할까요. 앞으로도 글로만이 아니라 직접 몸으로 어려운 이들과 함께하려는 노력을 계속해야겠다는 생각입니다.

갈등 어루만져야 할 종교가
갈등 키우면 안 된다

제 주변에는 교회에 다니는 분이 많습니다. 목사님도 계시고, 장로·집사님도 계십니다. 어떤 분은 전화번호 끝자리를 9191로 해놓으셨습니다. '구원'을 숫자로 표현한 것이지요. 어떤 분은 전화 통화를 할 때마다 제게 '할렐루야~'라고 말하십니다. 또 저를 만나면 기도를 하는 분도 있습니다. "형제님께서 하나님의 품으로…." 그때마다 저는 종교는 다르지만 즐겁게 웃으며 그분들과 대화를 나눕니다. 오늘 아침 출근길에는 지하철에서 선교하는 분을 보았습니다. 가끔 겪는 일입니다. 사람들의 무표정한 표정에도 아랑곳하지 않고 그분은 열심히 '하나님의 나라'를 외쳤습니다. 목소리가 좀 작았으면 좋겠다고 생각했지만 그럭저

럭 견딜 만했습니다. 물론 유쾌한 경험은 아니었습니다.

우리나라는 종교의 나라입니다. 한이 많은 땅, 대륙 세력과 해양 세력으로부터 끊임없는 침략에 시달린 우리 민족은 의지할 곳을 필요로 했습니다. 동네 앞 성황당, 마을을 지켜온 느티나무, 집 뒤 우물과 장독대, 뒷산 바위…. 거기서부터 종교는 시작되었습니다. 자연 자체였고, 자연과 공존하면서 믿음을 키웠습니다. 고등 종교로 진화하는 과정에서도 이러한 전통 신앙과의 교감, 자연과의 합일은 우리 민족의 특질 가운데 하나였습니다. 개신교가 이 땅에 들어온 지 1백25년이 지났습니다. '귤이 회수를 건너면 탱자가 된다'는 말이 있는데, 개신교도 '한국 개신교'가 되었으면 하는 바람입니다.

최근 '봉은사 땅밟기' '동화사 땅밟기' 동영상 파문이 있었습니다. 개신교인들이 봉은사 법당에서 개신교식 예배를 보는 동영상, 동화사가 사탄 숭배지로 세워진 곳이라는 동영상입니다. 나중에는 '미얀마 땅밟기' 동영상까지 나왔습니다. 미얀마의 한 법당에서 개신교인들이 찬송가를 부르며 예배를 보는 동영상입니다. 우발적인 행태가 아니라 일부 개신교인들이 사명감을 갖고 조직적으로 이런 일을 벌이는 것으로 보입니다. 참으로 안타깝습니다. 이러다가 자칫 종교 갈등 사태로 번질까 걱정하는 이들이 늘었습니다. 종교가 사회 통합에 역할을 하기는커녕 사회 갈등의 원인이 되어서는 안 될 것입니다.

　물론 다른 종교를 공격하는 식의 신앙 행태를 보이는 이들이 다수는 아닐 것입니다. 그러나 이런 일이 공공연하게 벌어진다면 그저 간과할 일만도 아닙니다. 종교 자체적으로 소화하려는 노력이 필요하고 사회적으로도 공론화할 필요가 있습니다. 다른 측면에서 따져 보면 이러한 종교 행태가 나오게 된 근본 원인은 물신주의에 있다고 봅니다. 양적 성장을 추구하고 '돈'을 중시하는 의식이 그렇게 공격적으로 표출된 것으로 보입니다. '한국화한 개신교'가 더 많아지면 좋겠습니다

8월 29일을 기억해야 하는 이유

'한국 황제 폐하는 한국 전부에 관한 일체의 통치권을 완전하고도 영구히 일본국 황제 폐하에게 양여함.' 1910년 8월 29일 공포된 한일병합조약 8개 조항 가운데 제1조입니다. 이날부터 대한제국은 일본의 식민지가 되었습니다. 이른바 '국치일國恥日' 입니다. 실제로 한일병합조약이 체결된 것은 8월 22일인데 1주일간 비밀에 붙였다가 이날 정식으로 공포했습니다. 음력으로는 7월 25일이었습니다. 나라가 망한 것이 아득히 먼 일처럼 보일 수도 있지만 '불과' 100년 전의 일입니다.

고종 황제를 바로 옆에서 모셨던 시종원 부경 정환덕이 쓴 〈남가몽〉에는 이런 대목이 나옵니다. '경술년 7월(음력) 대한이 망한 뒤 작위를 받은 사람이 72명이다. 모두 재산을 탐하고 여색을 좋아하듯 기쁘기만 하여 어찌할 줄 몰랐다. 하늘이 이런 놈들을 왜 싫어하지 않는지 모를 일이다.' 나라는 망하고 황제는 격이 낮춰져 왕이 되었지만 재물과 권세를 탐하는 무리들의 안중에 대한제국은 없었습니다. 대한제국이 망하기까지 마지막 한 달 동안 총리대신 이완용과 궁내부대신 민병석 등에게 훈장을 주는 등 이른바 '훈장 잔치'가 벌어졌던 것도 슬픈 우리 역사의 한 장면입니다.

8월입니다. 8월은 우리에게 '광복절'로 기억됩니다. 하지만 이제는 광복절을 넘어 국치일도 새김질을 할 필요가 있습니다. 모르는 이들도 많겠지만 광복 이후 8월 29일은 '국치절'로 불렸습니다. 달력에도 나와 있었습니다. 나라를 빼앗긴 날, 나라를 팔아먹은 자들을 잊지 말고 역사에서 교훈을 얻자는 의미였지요. 그런데 1965년 한 · 일협정이 체결된 이후 슬그머니 사라져버렸습니다. 지금은 용어조차 낯선 말이 되었지요.

최근 한 · 일 관계에는 의미 있는 변화들이 일어나고 있습니다. 한 · 일 지식인 1천1백18명이 한일강제병합조약은 원천 무효라는 성명을 발표했습니다. 일본 변호사연합회 회원들도 일본 정부의 공식적인 사죄와 한·일협정을 개정해야 한다는 의견을 밝혔습니다. 일본 정부는 한일강제병합 100년을 맞아 간 나오토 총리가 담화를 발표할 것이라고 밝혔습니다. 1995년 당시 무라야마 총리의 '사죄 담화'보다는 진전된 내용이 담길 것으로 보입니다.

그러나 이면에는 다른 흐름도 있습니다. 센고쿠 요시토 관방장관은 "독도가 일본 땅이라는 정부 입장에 변화가 없다"라고 말했습니다. 일본은 한·미 합동 해상 훈련에 자위대 간부를 사상 처음으로 파견했습니다. 미군이 주도하는 태평양 해상 훈련에도 처음으로 참가했습니다. 일본의 자민당 극우 보수계 의원 네 명이 독도를 방문하려고 꾀하기도 했습니다. 일본은 동아시아에서 펼쳐지는 남-북, 미-중 대결 국면을 틈타 군사 강국으로 거듭나려는 움직임을 보이고 있습니다. 일본이 한국과 진정으로 '새로운 미래'를 열어나가고자 한다면 반드시 과거에 대한 철저한 반성이 선행되어야 합니다. 역사는 되풀이될 수 있다는 것을 우리는 반드시 잊지 말아야 합니다.

정치 검사는 가고 기개 있는 검사들은 오라

제가 사는 집 안방에는 불가의 '보왕삼매론'을 적은 글이 들어 있는 액자가 걸려 있습니다. '보왕삼매론'은 수행 과정에서 나타나는 장애를 극복하는 10가지 지침을 적어놓은 글입니다. 가끔씩 읽어보며 되새기고는 하는데 아침 출근길에 한 구절이 눈에 들어왔습니다. '세상살이에 곤란함이 없기를 바라지 마라. 세상살이에 곤란함이 없으면 업신여기는 마음과 사치한 마음이 생기나니, 그래서 성인이 말씀하시되 근심과 곤란으로써 세상을 살아가라 하셨느니라.'

우리는 많은 것을 잊고 지냅니다. 개구리 올챙이 적 모른다는 말도 있듯이 가난했지만 아름다웠던 시절을 잊고 어느 순간부터 향락과 탐욕에 빠져 지내는 일이 다반사입니다. 바쁘다는 핑계로 어릴 적 흙먼지를 뒤집어쓰며 운동장에서 함께 뒹굴었던 죽마고우들을 잊고 지내는 것도 낯선 일은 아닙니다. 어쩌면 그런 망각이 인간을 키우는 것인지도 모르지만, 봄꽃이 지는 요즘 같은 날이면 그 아련한 추억들을 떠올리게 되는 것은 무슨 이유일까요.

세상에 공짜는 없다는 말은 평범한 진리입니다. 돈이나 자리 같은 유형의 것이든, 관계나 마음 같은 무형의 것이든, 우리는 서로에게 무언가를 원합니다. 인간이기 때문입니다. 그러나 우리는 또 인간이기 때문에 때때로 이것을 망각합니다. 영원히 현재와 같은 상태가 지속될 것이라고 생각하고 그것을 향유합니다. 그것이 아니라는 것을 깨닫는 순간은 이미 버스가 떠나간 뒤입니다.

한국의 검찰은 지금 망각에 빠져 있습니다. 부패 세력을 엄단하는 정의의 상징인 검찰은, 지금 없습니다. 건설업자 정 아무개씨의 폭로에서 알 수 있듯 도덕적으로 부패했고 권력을 좇는 검사들이 한둘이 아닙니다. 이런 비극은 '곤란함이 없기를 바라는 마음'에서 시작되었습니다. '견제 받지 않은 권력'을 추구했기 때문에 그렇습니다. 누군가로부터 비판·평가·견제를 받는다는 것은 괴로운 일입니다. 그러나 그 괴로운 일이 교만을 막아주고 조직을 올바른 길로 이끕니다.

이제 검찰 권력의 힘을 뺄 때가 되었습니다. 검찰을 위해서도 그렇습니다. 공직비리수사처 등을 굳이 만들지 않아도 다른 기관들이 자유롭게 검찰을 수사할 수 있도록 해주기만 해도 많은 변화가 예상됩니다. 영장 청구 등과 관련해 '제 식구 봐주기'를 원천적으로 막을 수 있는, 별도의 체계를 만드는 문제도 고려해볼 필요가 있습니다. 다른 기관들에 비해 높은 직급 문제를 조정하는 일도 생각해보아야 합니다.

이런 부분에서는 낮은 데로 임하면서 수사에서는 추상같은 태도로 거악들을 쳐야 검찰이 삽니다. 검찰의 힘은 수사에서 나오지, 룸살롱에서 마시는 폭탄주 주량에서 나오는 것이 아닙니다. '정치 검사' '스폰서 검사'들이 망친 검찰을, 기개 있는 검사들이 바꾸기를 기대합니다.

다시 온 대자보의 시대는 무엇을 말하는가

또래의 독자들은 기억하겠지만 1980년대는 대자보의 시대였습니다. 대학 교정 곳곳에 대자보가 넘쳐났습니다. 담벼락, 창문, 계단…. 틈이 있는 곳, 학우들의 눈에 띌 만한 곳에는 늘 대자보가 있었습니다. 군사 정권과 그 아류로 이어진 권력의 강압 통치 흐름 속에 대자보는 작은 저항의 몸짓이었습니다. 언로가 제한된 가운데 그것은 당시 신문·잡지이자 TV였고, 인터넷이었습니다. 동료 학생들의 의식을 깨우는 죽비였고, 정권을 향해 던지는 칼과 같았습니다.

당연히 용기가 필요했습니다. 혹시 누군가 내가 대자보를 붙이는 것을 관찰하고 있지 않을까 하는 두려움, 내가 이 대자보를 썼다는 것을 누가 밀고하지 않을까 하는 걱정을 떨쳐야 했지요. 그전보다 사정이 많이 나아졌다고는 해도 눈앞의 일을 알수 없는 것이 그 시대였습니다. 때로 대자보는 논쟁의 중심에서기도 했습니다. 견해를 달리하는 세력들이 서로 공박하고 토론하는 토론장 역할을 하기도 했습니다. 어떤 때는 서로 감정이격해져 상대의 대자보를 찢어버리고 자신들의 대자보만 남겨놓는 일들도 벌어졌지요. 이런 측면에 주목하면 대자보는 학내 권력 투쟁의 단면을 보여주는 현장이었습니다.

한동안 잊었던 대자보를 최근 다시 떠올리게 되었습니다. 고려대를 비롯해 서울대, 이화여대 등 여러 대학에 붙은 대자보가화제가 되었기 때문입니다. '대학이 상품을 만들어내는 곳으로전락했다'라는 그들의 문제 제기는 절규에 가깝습니다. 극한 경쟁에 내몰리면서도 막상 졸업하면 갈 곳이 마땅치 않은 오늘의대학생들이 토해내는 대학과 사회에 대한 항변입니다. 모든 것을 효율과 생산성으로만 재단하려고 하는 기성세대들에 대한 도전의 몸짓이기도 합니다. 이런 흐름은 외환위기 이후 우리 사회를 지배해 온 서구식 가치관이 다시 변하고 있다는 것을 알게해 줍니다. 화제가 된 글이, 인터넷에 올린 글이 아니라 종이에

매직으로 써서 붙인 대자보였다는 점이 상징적입니다.

얼마 전 고려대에서는 한 학생이 자신이 정신병을 앓고 있다는 내용의 대자보를 붙여 화제가 되기도 했습니다. 이 소식을 전해준 고려대 교수는 '학생들의 개방성과 공유'라는 관점에서 현상을 설명했습니다. '자퇴 대자보' 사건은 물론, 자신의 약점을 솔직하게 공개하고 잘 생활할 수 있도록 도와달라는 뜻을 동료들에게 전하는 용기를 낸 이번 사건을 보며 학생들의 달라진 문화를 실감한다는 것이지요.

딸을 둔 부모들이 맘 편히 살기
어려운 시대

딸을 둔 부모들이 맘 편히 살기가 어려운 시대입니다. 하루가 멀다 하고 성폭행·성추행 사건이 터집니다. 초등학생에서부터 성인까지 모든 여성들이 피해자가 되고 있습니다. 최근 여중생을 성폭행하고 살해한 혐의를 받고 있는 김길태 같은 '참 나쁜' 사람들만 가해자가 되는 것이 아닙니다. 목사나 승려 같은 종교인들, 대기업 간부, 복지 단체 책임자, 교사 등 체포된 사람들의 면면을 보면 평범한, 어떻게 보면 사회에서 도덕적으로 우월한 위치에 있는 것으로 평가되는 사람들도 적잖이 가해자로 이름이 올라 있습니다. 사회 전반에 '여성을 경시하는' 문화가 깔려 있다는 것을 반영하는 현상으로 보입니다.

경찰의 통계에 따르면 대한민국에서는 한 시간에 한 번 이상 성범죄가 일어납니다. 경찰에 신고된 것이 이 정도이니 신고 되지 않고 묻히는 사건까지 포함하면 하루에 최소 30건 이상의 성범죄가 발생한다고 보아도 무리가 아닐 듯싶습니다. 더 심각한 것은 해가 갈수록 범죄가 늘어나고 있다는 것입니다. 2005년 7천3백16건에서, 2007년에 8천7백26건, 2009년에 1만2백15건이 발생했습니다. 2009년의 경우 13세 미만의 아동 성폭행 피해자만 1천17명에 달했습니다. 이런 범죄가 발생할 때마다 언론에서 대책을 마련하라고 촉구하고 국회나 정부 기관들이 새로운 법을 만들겠다고 난리법석을 떨지만, 사건이 줄어들기는커녕 늘어난다는 것은 새로운 차원의 접근이 필요하다는 반증일 것입니다.

저는 중학교와 초등학교에 다니는 두 딸이 있습니다. '김길태 사건'이 공개된 뒤 아이들에게 이런저런 주의 겸 당부를 했습니다. '학원이 끝나면 꼭 전화해라' '아는 사람이 어디 가자고 해도 반드시 엄마나 아빠에게 먼저 전화해라' …. 물론 '세상에는 착한 사람이 훨씬 많지만 혹시 모른다'는 말을 덧붙였지요. 하지만 한편으로는 걱정도 되었습니다. 아이들이 혹시 세상을 너무 무섭게만, 남자들을 경계해야 하는 대상으로만 인식하면 어떻게 하나 하는 것입니다. 세상에는 아름다운 일들이 훨씬 많은데….

성범죄가 발생할 때마다 범죄자가 성도착증 환자이다, 가정환경이 어떻다, 그에게 전자발찌를 채워야 한다는 따위의 말들이 많습니다. 경찰의 철저하지 못한 수사도 뭇매를 맞습니다. 이제는 사후약방문을 쓰기보다 선제적인 대응을 하는 데 더 신경을 쓸 때가 되었습니다. 초·중·고등학교와 대학교, 직장 등에서 성교육을 실질적으로 강화할 필요가 있습니다. 가정-학교-학원을 연결하는 안전 체계를 구축하는 것도 요구됩니다. 특히 아동을 대상으로 한 성범죄에 대해서는 형량도 높이고 전자발찌보다 가혹한 조치를 취하더라도 예방 효과를 강하게 해야합니다. 이제 시간을 더 끌 이유가 없습니다.

김연아의 피멍든 발을 생각한다

외국인들은 말했습니다. 'surprise!' 누구는 기적이라고 했습니다. 누구는 운이 따랐다고 했습니다. 그만큼 믿기 힘든 일이 일어났습니다. 캐나다 밴쿠버 동계올림픽에서 일어난 한국 빙상의 거침없는 질주는 우리 뿐 아니라 세계를 놀라게 했습니다. 스피드스케이팅에서 모태범 이상화 선수가 남녀 5백m를 석권했고, 이승훈 선수는 남자 1만m에서 챔피언에 올랐습니다. 단거리와 장거리에서 모두 태극기를 꽂았습니다. 피겨 여왕 김연아는 진정한 여왕의 모습이 무엇인지를 보여주었습니다. 엄청난 부담감을 이겨내고 보란 듯이 얼음과 놀며 멋지게 춤추었습니다.

이들이 세계를 제패한 것은 우연이 아닙니다. 다 그만한 이유가 있습니다. 두 가지 요소가 주목됩니다. 우선 기본에 충실했습니다. 고통 속에서도 한 눈 팔지 않고 열심히 연습했습니다. 이들은 '타이어 끌기' '탄력밴드를 이용한 추진력 훈련' ' 수천 번의 점프' 등을 하면서 자신과의 싸움에서 이겼습니다.

심리학자인 전우영 충남대 교수는 과도학습이라는 용어로 설명합니다. 엄청난 위기에서도 흔들리지 않고 자신의 기량을 발휘할 수 있는 것은 몸에 밴 반복연습 때문이라는 것입니다. 반복연습을 통해 과제를 쉽고 익숙한 것으로 만들면 실전에서 동요하지 않고 실력을 유감없이 발휘할 수 있다고 합니다. 큰 경기일수록 강한 모습을 보일 수 있다는 것이지요. 김연아 선수가 쇼트프로그램에서 아사다 마오 선수에게 갈채가 쏟아지는 상황에서 등장해 기죽지 않고 멋진 연기를 펼칠 수 있었던 배경입니다.

얼마 전 김연아 선수의 피멍든 발이 공개된 적이 있습니다. 유럽 프리미어리그에서 활약하는 박지성 선수의 상처투성이 평발, 발가락이 기형적으로 뒤틀린 발레리나 강수진의 발을 볼 때처럼 감동이 깊었습니다. 이러한 노력이 오늘의 영광으로 이어진 것입니다.

두 번째는 자신감과 오기로 표현할 수 있는 정신력입니다. 물론 이들의 성취가 과학의 발달에 힘입은 측면도 빼놓을 수 없겠지요. 그러나 아무리 과학기술의 힘이 배경이 되었더라도 궁극적으로는 인간의 마음가짐과 자세가 최종적으로 승부를 결정짓습니다. 터질 듯한 긴장감 때문에 김연아 선수의 마음이 흔들렸다면 점프가 제대로 되었을까요? 끝까지 회전이 되었을까요? 할 수 있다는 자신감과 질 수 없다는 오기가 이들에게 강심장을 갖게 한 원동력이었습니다. 이들을 보며 대한민국의 미래는 밝다는 생각이 들었습니다.

＊＊＊

각자가 자기 운명의 개척자이다.

– 서양 속담 –

고난 없는 성공은 없다.

– 서양 속담 –

＊＊＊

어린 시절 교장선생님을 돌려주세요

　설이나 추석 같은 명절을 맞아 고향에 내려가면 꼭 가보고자 하는 곳이 몇 군데 있습니다. 어릴 적 오르락내리락 뛰어놀며 제게 자연의 정서가 무엇인지를 알려준 만수산 그리고 그 산에 있는 고찰 무량사입니다. 한 군데 더 있습니다. 제가 졸업한 초등학교입니다. 어떤 때는 다 가보지만 그렇지 못할 때도 있습니다. 그럴 때면 왠지 마음이 개운치 않습니다.

　모교는 늘 아련한 추억의 장소입니다. 중학교나 고등학교도 그렇지만 특히 초등학교가 그러합니다. 제가 졸업한 초등학교에는 커다란 느티나무가 있습니다. 어릴 적 기억에는 엄청 컸었는데 요즘 가서 보면 그 정도는 아닙니다. 전에 갔을 때 그 생각이 나서 저도 모르게 가볍게 웃었던 기억이 납니다. 담장도 그 때와 비교해 형편없이 낮아졌고 교실 책상도 작아졌습니다. 느 낌이 그렇다는 것입니다.

교장 선생님은 아버지 같은 분이셨습니다. 가까이서 접한 기 억은 없지만, 늘 화단을 가꾸시면서 웃는 얼굴로 학생들을 대해 주셨습니다. 운동장에 돌이 있으면 치워주셨고, 항상 자전거를 타고 다니시면서 아이들을 태워주시고는 했습니다. 어릴 적 교 장 선생님은 큰 바위 얼굴은 아니었지만 의지하고픈 넉넉한 바 위 같은 분이었습니다. 지금도 자전거를 끌고 교문에 들어서시 던 교장 선생님의 모습이 눈에 선합니다.

최근 슬픈 소식을 접했습니다. 서울 지역의 전 · 현직 교장 선 생님 다섯 명이 업자들을 교장실로 불러 "방과 후 학교의 운영 권을 주겠다"라며 뒷돈을 챙겼다는 것입니다. 제가 알고 있는 '교장 선생님'과는 너무 달랐습니다. 현금으로 받았고 돈을 주지 않으면 결재를 미루는 식으로 업체들을 압박하기도 했다니, 교 장 선생님이 정말 맞나 하는 생각이 들었습니다. 제가 순진했던 것일까요.

어쩌면 세상은 우리가 생각하는 것보다 복잡 미묘한 일들이

막후에서 일어나는 것 같습니다. 몇 년 동안 학교에 기자재를 납품하는 사업을 해 온 한 인사는 얼마 전 만난 자리에서 "기회가 되면 서울 지역 초등학교 교장 선생님들을 한 번 조사해보라"라고 말하더군요. 중학교나 고등학교와 달리 초등학교는 교장 선생님이 학교의 각종 기자재를 구입하는 것과 관련해 거의 전권을 쥐고 있다는 것입니다. 이 때문인지 잘사는 경우가 많다고 합니다. 물론 모든 교장 선생님이 다 그렇지는 않겠지요. 지금 이 시간에도 학생들을 잘 가르치기 위해 노심초사 하는 교장 선생님들이 더 많을 것입니다. 또, 이런 경우가 비단 서울 지역만의 문제는 아닐 것 입니다.

그러나 교육계에 일대 정풍 운동이 일어나야 하는 것은 분명해 보입니다. 전면적인 쇄신을 통해 어릴 적 '교장선생님'을 제게 돌려주시기 바랍니다.

밥벌이가 최대의 개혁이다

10여 년 전 일이 생각납니다. 지방에 있는 한 대학교를 졸업한 선배가 일자리를 잡지 못하자 고향으로 돌아왔던 일입니다. 마을 사람들은 조용히 말하고는 했습니다. "대학교 졸업시키려고 부모가 들인 돈이 만만치 않을 텐데…" "대학교 나와도 소용 없군…". 선배의 표정은 밝지 않았고, 사람 만나기를 즐기지 않았습니다. 부모의 농사일을 돕던 그 선배는 몇 년 뒤 고향을 등졌습니다. 좋은 회사에 취업이 된 것인지, 정처 없이 떠난 것인지는 알 수 없습니다. 점점 고향에 내려갈 일이 줄어들면서 저도 이후 소식을 듣지 못했습니다. 제게 남아 있는 강렬한 기억은 그 선배가 취업에 실패하고 고향에 내려왔을 때의 것입니다.

걱정과 타박이 섞인 듯했던 마을 사람들의 수군거림, 풀 죽어 지내던 선배의 모습….

　가까운 친척 동생도 취직을 하지 못했습니다. 공무원 시험을 준비하다가 실패해 나이가 30대 중반입니다. 일반 회사에 취직하기는 쉽지 않은 나이입니다. 그래서 그런지 본인도 회사에 취직하겠다는 생각을 하지 않습니다. '자발적 실업' 상태라고 할 수 있습니다. 한 연구소에서 경비 아르바이트를 하며 번 돈으로 그럭저럭 생활합니다. "어디든 취직을 하지 않겠느냐" 하면 "할 곳도 없고, 하고 싶지도 않다"라고 합니다. 삶의 방식이 나와는 다르다고 생각하면서도 걱정이 되는 것은 어쩔 수 없습니다.

　지금껏 기자 생활을 하면서 각각 한 달씩 두 번에 걸쳐 쉰 적이 있습니다. 한 번은 무급 휴직이었고, 다른 한 번은 실직 상태였습니다. 그때 여러 가지 일을 했던 것 같은데 기억에 또렷하게 남아 있는 것은, 아이들을 돌보던 것과 산으로 출근했던 일입니다. 불과 한 달 기간이었는데도 당시 싱숭생숭했던 마음이 곧 어제 있었던 일처럼 느껴집니다. 그때의 경험은 '일하는 것'의 소중함에 대해 다시 생각하게 되는 계기가 되었습니다.

　취업 준비생이나 구직 단념자 등 '넓은 의미의 실업자'가 3백

30만명에 이르는 것으로 밝혀졌습니다. 정부가 발표한 공식 실업률보다 4배 높은 숫자입니다. 보도를 읽으면서 위에 거론한 과거의 일들이 영화처럼 오버랩되었습니다. '고용 없는 성장'이 일반화하는 흐름이어서 실업 문제가 인턴 제도 같은 단기 대책으로 해결되는 때는 지났습니다. 우리 사회의 발전 수준이 그런 단계에 이른 것입니다. 지역적으로는 해외를 아우르는, 내용적으로는 국가의 미래 성장 동력과도 맞물리는 신종 일자리를 창출하는 데 전력을 기울일 필요가 있습니다.

구호가 아니라 구체적인 행동이 필요한 시점입니다. '밥벌이'는 단순히 먹고사는 문제만이 아니라, 인간으로서의 자존감과도 관련이 깊습니다. '밥벌이를 해결하는 것이 최대의 개혁이다'라는 말이 새삼 와 닿는 요즘입니다.

내게 어느 쪽이냐고 묻는다면

　얼마 전 지인들과 가진 송년 모임에서 〈시사저널〉 이야기가 나왔습니다. 한 지인이 물었습니다. "너희는 어느 편이냐?"라고. 보수인가, 진보인가. 여당을 지지하는가, 야당을 지지하는가 하는 질문이었습니다. 옆에 있던 선배도 맞장구를 쳤습니다. "맞다. 헷갈리더라. 기사를 보면 어떤 때는 여당을 지지하는 것 같고, 어떤 때는 야당을 지지하는 것처럼 느껴졌다. 도대체 색깔이 무엇이냐."

　정치권에 직·간접으로 관련이 있는 이들이라서 더 관심이 있었는지 몰라도 이런 질문을 받으면 곤혹스럽습니다. '색깔? 색깔이 없는 것도 색깔 아닌가' 이런 생각이 떠오릅니다. 하얀

도화지에는 어떤 색깔의 그림이든지 그릴 수 있기 때문에 무한한 가능성이 있고, 어떤 모양이 어떤 색깔로 그려질지 모른다는 호기심 내지는 두려움 같은 것이 있습니다. 정체가 모호하다? 그렇게 볼 수 있습니다. 〈시사저널〉은 어떤 때는 여당을, 어떤 때는 야당을 호되게 비판하니까요. 여야, 진보·보수의 구분을 넘어 '어떤 것이 올바른 길이냐' '진실이 무엇이냐'라는 관점에 충실하고자 합니다. 의견을 앞세우기보다는 사실에 충실한 매체를 지향합니다.

"그래도 무엇이냐"라고 따져물으면 저는 "우리는 중도이다"라고 말합니다. 그러면 "중간이라는 말이냐"라는 질문이 이어집니다. 극단을 배격하는 측면에서 보면 중간이라는 말도 일리가 있습니다. 다만, 현안을 다루는 부분에서 중도는 '가장 올바른 길'을 뜻합니다. '어정쩡함'과는 거리가 있습니다.

어떤 틀에 가두기를 원하는 이들은 늘 구분 짓기를 좋아합니다. 자신들의 영역을 확인하고, 그 영역 안에 들어와 있기를 바랍니다. 영역 밖에 있다는 것이 확인되면 비난하고 공격합니다. 상대가 내 편인가, 네 편인가에 신경을 곤두세웁니다. 공통점을 찾고 차이를 확인하며 합리적인 방법으로 해결책을 찾기

보다는 '상대 죽이기'에 골몰합니다. 저는 '틀'에 갇히지 않은 것
이야말로 진정으로 힘이 있다고 생각합니다.

* * *

根深不怕風搖動 樹正何愁月影斜근심불파풍요동 수정하수월영사

− 현문 −

뿌리가 깊으면 바람에 흔들리는 것을 걱정하지 않고,

나무가 곧고 바른데 어찌 달빛 그림자가 비틀어지는 것을 걱정하겠는가.

* * *

공무원 부패에 칼을 들어라

해마다 가을이면 국회에서는 국정감사가 열립니다. 국회 마당과 인근 한강 둔치는 관련자들이 타고 온 승용차들로 넘쳐납니다. 국회 본청 안 국정감사장 주변에는 답변 준비를 위해 온 공무원들로 북적입니다. 국회 의원회관은 밤에도 불야성을 이룹니다. 국회의원과 보좌진들은 조금이라도 나은 질의를 하기 위해 '창'이 되어 밤을 하얗게 샙니다. 공무원을 비롯한 피감 기관 사람들도 '방패'가 되어 똑같이 밤을 샙니다. 국정감사 기간에는 거짓말이 아니라 각종 정보가 공중에 떠다닙니다. 각 상임위에 속한 의원들은 모든 역량을 동원해 감사를 하고 언론에 보도되기 위해 최선을 다합니다. 요즘 제 e메일함에는 국회의원들이 발송하는 보도자료가 하루에 수십 통씩 쌓입니다. 다 나름대로 땀이 배어 있고 가치가 있는 정보들입니다. 국감 기간에는 기자들도 똑같이 밤을 샙니다.

국감에서는 기쁜 일보다 슬픈 일이 더 많습니다. 때로는 말도 안 되는 일을 가지고 핏대를 세우며 피감 기관 사람들을 몰아세우는 국회의원들을 보아야 합니다. 때로는 고성을 지르며 막말을 주고받는 국회의원들도 보아야 합니다. "노력하겠습니다" "적극 검토하겠습니다"라는 뻔한 답변을 앵무새처럼 반복하는 로봇 같은 기관 책임자들의 모습도 낯설지 않습니다.

이것만이 아닙니다. 해마다 비슷한 내용들이 반복됩니다. 국감 기간만 지나가면 괜찮다는 인식이 피감 기관들 사이에 팽배해 있는 까닭입니다. 대표적인 것이 공기업들의 방만한 경영입니다. 올해도 어김이 없었습니다. 아파트를 지으면서 설계를 스무 번이나 바꾼 주택공사, 부채 총액이 1조4천억원이 넘는데 사장 연봉은 장관보다 훨씬 많은 4억 여원에 달하는 대한주택보증…. 입만 열면 '농민을 위한다'는 농협은 또 어떻습니까. 시가로 8백13억원에 달하는 골프 회원권 1백24.5개를 갖고 있고, 직원 자녀들의 학자금으로 1백89억원을 지급하면서 농민 자녀들의 학비를 지원하는 데는 35억원을 썼습니다. 아무래도 '농협農協'이라는 이름을 바꾸어야 할 것 같습니다.

국감에서 드러나는 공무원들의 부패는 해마다 점점 강도를 더해가는 느낌입니다. 슬프다 못해 이제 분노가 일 지경입니다. 국고 보조금을 빼돌린 공무원, 장애수당을 부풀려 빼돌린 공무원, 주민들을 상대로 고리대금업을 해 온 공무원, 엉터리로 초과 근무 수당을 챙겨 온 공무원…. 이들이 빼돌린 국민 세금을 모두 합하면 아마 천문학적인 금액이 될 듯합니다.

우리 사회가 많이 투명해졌다고 해도 아직 곳곳에 똬리를 틀고 있는 부패가 여전합니다. 특히 공무원이나 공기업 직원들의 부패나 세금 낭비에 대해서는 이제 특단의 대책이 필요한 시점입니다.

공포에 맞서기 위해 필요한 것

어릴 적 기억이 납니다. 깊은 밤, 희미한 달빛에 의지해 산길을 걸어가던 때의 느낌입니다. 집이 인가가 드문 산속에 있었는데 아랫마을에 갔다가 돌아오려면 개울을 건너 좁은 산길을 5분 정도 걸어야 했습니다. 지금도 제 머릿속에 생생하게 남아 있는 풍경 중 하나입니다. 달빛을 받으며 걷다가 달빛이 사라지는 산길에 접어들 때쯤이면 알 수 없는 공포감을 느끼곤 했습니다. 참으로 그것은 실체를 알 수 없는 것이었습니다. 낮에 늘 다녔기 때문에 익숙한 길이었는데 느낌이 전혀 달랐습니다.

돌이켜보면 아마 그때의 공포는 '불확실성' '알 수 없다'라는 것에서 왔던 것 같습니다. 저 어둠 너머 혹시 어떤 짐승이 있지

않을까, 아니면 귀신 비슷한 어떤 것이 느닷없이 튀어 나오지 않을까, 낮과 상황이 바뀌어 나뭇가지 같은 것이 길을 막고 있지는 않을까…. 어릴 적 달빛 속에 바라보았던 어둠 속의 산길은 그렇게 늘 제게 두려움의 대상이었습니다.

물론 저는 산길에 접어들면 걸음을 빨리해 그 공포를 부정하며 잊고자 했습니다. 산길을 벗어나 다시 되돌아보면 여전히 두려움이 남아 있기는 했지만, 이제 그 불확실성에서 벗어났다는 안도감이 걸음을 늦추게 하곤 했습니다.

신종플루 사태를 겪으며 어릴 적 '산길'을 생각했습니다. 불확실성에서 오는 공포, 그것 말입니다. 정체가 무엇인지, 어디까지 번질 것인지, 어떻게 해야 안전한지…. 두려움이 사람들의 마음을 크게 차지해버렸습니다. 연일 병원·보건소 등은 두려움에 떠는 사람들로 넘쳐났습니다. "예방 효과가 있다더라" 하면 직접 관련이 없는 주사일지라도 미리 맞으려는 사람들로 붐볐습니다. 탓할 수 없는 인간의 심리입니다. 누가 이들에게 무어라 할 수 있겠습니까. 마음속에 이미 '어둠 속의 산길'이 들어와 달빛을 내다보며 잰걸음을 하고 있는데.

모임이 있어서 한 국가 기관이 운영하는 회관에 갔었는데, 입구에서 일일이 방문객들의 체온을 재고 있었습니다. 기분이 묘했습니다. 아침에 선생님들이 등굣길 초등학생들의 체온을 재는 사진을 보았는데, 이제 이런 풍경이 낯설지 않겠구나 하는 생각이 들었습니다.

2주 전 초등학교와 중학교에 다니는 아이들을 불러 얘기했습니다. "학교나 학원에 갔다 오면 반드시 손과 얼굴을 깨끗이 씻어라" "당분간 사람이 많이 모이는 곳에는 안 갈 테니 그리 알아라" "물을 많이 먹고 일찍 자는 등 몸을 건강하게 유지하도록 힘써라"…. 공포에 맞서 제가 아이들에게 할 수 있는 것이 일단 그것 외에는 떠오르지 않았습니다. 아마 대부분의 학부모들이 저와 같을 것입니다. 공포에 맞서기 위해서는 불확실성을 제거해야, 즉 신뢰를 주어야 합니다.

정부에서는 신종플루와 관련한 정확한 실상과 준비 상황을 자세히 공개하고, 국민이 어떻게 대비해야 하는지 등 지침을 줄 필요가 있습니다. 정치·사회·경제적으로 큰 영향을 미칠 것으로 예상되는 만큼 국가 차원의 종합 대응이 요구됩니다.

'자존심'으로 세상을 읽다

"현지인들에게 무조건 낮은 자세로 접근했다. 자존심이 없는 민족은 세상 어디에도 없다. 동등하게 교류한다는 상호주의적 시각으로 접근했다." 인도네시아 술라웨시 주 부톤 섬 바우바우 시가 이 지역 토착어인 찌아찌아어를 표기할 공식 문자로 한글을 도입했다. 이 일을 성사시킨 김주원 훈민정음학회장(서울대 언어학과 교수)은 언론 인터뷰에서 이렇게 말했다. 상대가 우리보다 경제적으로 못하다고, 상대가 우리보다 덜 배웠다고 우습게 보면 일을 성사시키기가 어렵다는 얘기였다. '일을 되게 하는 것'에 집중하라는 메시지였다.

김교수가 말한 '자존심'은 모든 일에서 참 중요한 요소 같다.

일을 만드는 것도, 일을 어긋나게 하는 것도 사람이기 때문이다. '자존심'의 뜻이 무엇인가 사전을 찾아보니 '남에게 굽히지 아니하고 자신의 품위를 스스로 지키는 마음'이라고 나와 있다. 따지고 보면 1979년 김재규 중앙정보부장이 박정희 대통령과 차지철 경호실장을 쏘았던 것도 사사건건 자신을 무시하는, 자존심을 상하게 한 데서 비롯된 사건 아닌가? 반대로 '칭찬은 고래도 춤추게 한다'라는 말처럼 자존심을 잘 살려주면 없던 힘도 내는 경우가 많다.

최근 '자존심'을 세워줘 일을 만든 경우가 또 있다. 클린턴 전 미국 대통령이다. 그는 북한 김정일 국방위원장의 자존심을 세워주었다. 대신 미국은 두 여기자 석방과 무엇인지는 모르지만 중요한 것으로 보이는 추가 성과를 얻었다. '힘'으로만 따지면 북한이 어디 미국의 상대가 되는 나라인가. 그러나 자존심 세기로 북한만한 나라도 드물다. 보이는 힘만으로는 안 되는 것이 세상이다. 보이지 않는 힘인 자존심, 정신력, 의지 같은 것이 보이는 힘을 이기는 경우를 우리는 너무 많이 보아왔다. 소프트파워, 스마트파워가 하드파워를 이긴다.

김교수의 경우를 보며 이명박 대통령을 떠올렸다. 이대통령도 이제 일이 좀 되게 하려면 '자존심'을 세워주어야 한다. 비단 대북 관계에만 국한해서 하는 말이 아니다. 여권 내에서는 사사건건 충돌하는 박근혜 전 대표의 자존심을 세워주어야 하고, 야당과의 관계에서도 야당의 자존심을 세워주어야 한다. 그것이 겉으로 지는 것 같아도 궁극적으로 이대통령이 이기는 길이다. 자신의 자존심을 세우려 하기보다 상대의 자존심을 세워주어야 한다.

제일 중요한 것은 국민의 자존심을 세워주는 일이다. 세계적으로 유례가 없는 빠른 속도로 산업화와 민주화를 이룩한 우리 국민은 대단한 자부심을 가슴에 품고 있다. 이제 신명나게 일할 수 있도록 정부가 분위기를 조성해 주어야 한다.

편집장을 맡으며(2009년 7월)

책을 집어들었습니다. 두껍습니다. 9백쪽이 넘습니다. 7월의 첫날, 이 책을 뒤적이며 새벽을 맞았습니다. 미국의 저널리스트 데니스 브라이언이 쓰고 김승옥씨가 번역한 〈퓰리처〉, 부제는 '현대 저널리즘의 창시자, 혹은 신문왕'입니다. '퓰리처'는 꿈이자 큰 바위 얼굴입니다. 감히 오르지 못할 산맥입니다. 그가 말한 것을 기록한 글을 읽을 때면 전율을 느낍니다. 책 속에서 시대를 관통해 살아 있는 한 언론인의 모습을 봅니다.

"기사를 꾸며내는 것은 절대 안 된다. 하지만 대서특필할 만한 가치가 있는 선정적인 기사는 최대한 밀어붙여야 한다."(1875년 한 정치집회)

"나는 세상에서 가장 고독한 사람이다. 어느 날 밤 내 식탁에서 식사를 한 사람들이 다음 날 아침 내 신문에서 비난받고 있는 자신들의 모습을 발견할 수도 있다."(1895년 지인에게)

"온갖 형태의 잘못된 것과 항상 싸우고, 항상 독립적이고, 계몽과 진보를 향해 항상 앞으로 나아가며, 진정한 민주적 사상에 항상 헌신하고, 도덕적 힘이 되려는 포부를 항상 간직하고, 출판 기관으로서 좀더 높은 경지의 완벽함을 향해 항상 위로 올라가는…."(1889년 〈뉴욕월드〉 사옥 기공식)"공적인 잘못을 바로잡고, 부당함과 억압을 비난하고, 인류를 위해 나설 기회를 하나라도 놓쳐서는 안 된다. 국민의 이익을 옹호해야 한다. 공정해야 한다."(1910년 〈뉴욕월드〉 기자에게)

그는 잘못된 것을 공격하기를 결코 두려워하지 않았습니다. 지적이고 교육 수준이 높으며 독립적인 사람들의 존경을 받을 수 있는 기사를 보도했습니다. 가난한 이들에게 연민을 갖고 당파의 선동가들과 싸웠습니다.

세상은 퓰리처가 살았던 시대보다 훨씬 복잡하고 중층적으로 이해관계가 얽히는, 상호 소통이 활발한 시대가 되었습니다. 일방의 권력이 세상을 쥐고 흔드는 때는 지났습니다. 정보가 전세계에 걸쳐 빠르게 유통되고 권력은 대중화되었습니다. 수평적 리더십, 헌신하는 리더십이 대세입니다. 봉사하는 삶이야말로 진정 위대하다는 것을 보여주고 있습니다. 언론도 이런 흐름에서 예외일 수는 없습니다. '퓰리처'가 여전히 중심인 이유입니다. 지금 세상 사람들은 서로에게 묻습니다. '너는 어느 편이냐'라고. 분열보다는 통합이, 증오보다는 사랑이, 대결보다는 화해가 아름답습니다. 저에게 '편'을 묻는다면 단호하게 '없다'라고 말할 것입니다. '편'이 없는 곳에 길이 있습니다. '고독한 사람'이 되기를 두려워하지 않고 '모두의 편'에 설 것입니다.

편집장을 맡았습니다. 지난 20년 동안 한국 언론사에 새 이정표를 새긴 〈시사저널〉의 이름을 더욱 빛내기 위해 헌신하겠습니다. 강한 매체, 진실한 매체, 사랑이 넘치는 매체를 만들겠습니다. 겸손하지만 비굴하지 않고 강하지만 투박하지 않은, 품위 있고 격조 있는 언론이 되도록 노력하겠습니다. 독자를 중심에 놓고 가겠습니다.

간판 시대의 종언

　오랜만에 만난 친구가 술을 한잔 걸치더니 느닷없이 학교 얘기를 꺼냈습니다. 초·중·고등학교를 같이 다닌 속칭 '불알친구'인데 최근 대학교에 입학했다는 것입니다. 고등학교를 졸업한 뒤 작은 회사에서 사무 업무를 보는 친구라서 '뜬금없이 웬 대학?' 하는 생각이 들었습니다. 굳이 대학을 갈 필요가 없을 텐데 하는 마음이 앞섰던 것이지요. 친구는 배움에 대한 열망이 강해서 대학을 간 것이 아니었습니다. 주변에서 온통 '대학, 대학' 하니 '간판'이 필요했던 것입니다. 평소에는 잘 못 느꼈던 것인데 그날 대학을 졸업하지 못했다는 것에 대해 친구가 그동안 엄청난 스트레스를 받아왔다는 것을 알았습니다.

아는 선배 중에 한 명은 공부를 잘했습니다. 이런저런 이유로 공고를 나와 대학에 진학하지 못했는데 중학교 때 자신보다 공부를 못하던 친구들이 대학을 나온 것이 못내 마음에 걸렸던 모양입니다. 술만 먹으면 옛날이야기를 합니다. "걔보다는 내가 더 공부를 잘했는데…. 대학에 갔으면 이렇게 살지는 않을 텐데…." "옛날이야기는 다 잊어버리고 현실을 봐라"라고 말하지만, 곁에서 지켜보는 저도 마음이 아픕니다. 그렇다고 50줄에 다다른 지금 대학에 갈 형편도 안 되고 그런 옹골찬 마음도 없으니 그저 하루하루 일상을 이런 한탄 속에서 살아갈 뿐입니다.

두 사람을 떠올린 것은 최근 우리 사회에서 확산되고 있는 '고졸 채용' 흐름 때문입니다. 금융권을 중심으로 일어나는 이 바람을 비판적으로 보는 시각도 있지만, 저는 트렌드를 반영하는 움직임이라고 생각합니다. 이른바 간판 시대가 우리 사회에서 막을 내리고 있다는 징조입니다. 비단 대학을 졸업했는가 여부만의 문제는 아닐 것입니다. 대학 간에도 속칭 명문대를 나왔다고 해서 모든 면에서 능력이 뛰어난 것은 아닙니다. 예를 들면 고시 공부를 하는 데는 뛰어날지 몰라도 영업 현장에서는 젬병일수 있다는 것입니다. 역으로 이름이 잘 알려지지 않은 지방 대학을 졸업한 사람도 어떤 분야에서는 최고가 될 수 있는 것이지 요.

이미 기업들을 중심으로 채용할 때 출신 학교를 보지 않는 식의 면접을 통해 신입사원들을 뽑는 전형이 늘어났습니다. 꼭 대학을 나와야 한다는 관념을 이제는 깨야 합니다. 고교 졸업 자의 80%가 대학에 가는 '학력 버블' 현상은 우리 사회의 체질 을 강화하는 측면에서도 바람직하지 않습니다. 청년 실업 문제 가 심각해진 데는 이런 것도 한 원인입니다. 엄청나게 늘어난 대학도 구조조정을 통해 문제가 있는 곳은 문을 닫도록 해야 합니다.

그러나 개인들에게만 생각을 바꾸라고 말할 수는 없습니다. 국가가 대학을 가지 않아도 사회 구성원으로서 자긍심을 갖고 일할 수 있도록 각종 체계를 손볼 필요가 있습니다. 무엇보다 사회의 문화가 바뀌어야 하고 그러기 위해서는 대학에 가지 않 아도 취업 등에서 결코 불리하지 않다는 인식이 확산되도록 해 야 합니다.

'간판 시대의 종언'은 상대에 대한 죽이기 문화에서 벗어나 상 생의 시대로 가는 흐름과도 닿아 있습니다. 대학 졸업자와 비

졸업자, 정규직과 비정규직이 공존·공영하는 것이 비단 꿈만
은 아닐 것입니다.

＊＊＊
君子不器군자불기
– 논어 –
군자는 한 틀에 얽매여서는 안 된다.
＊＊＊

Part 3

매월당 김시습과 나

내 고향 부여

'집 앞 개울 건너에 있던 미루나무가 하늘로 올라간다. 그 앞 밤나무에 앉아 있던 붉은 새는 순식간에 개울의 물고기를 낚아 채 하늘로 날아간다. 바람이 소리쳐 나무들을 흔든다. 어느새 느티나무 잎이 마당에 흩날린다. 하늘을 본다. 흰 구름 솟구치는 파란 하늘. 그 사이로 비행기가 난다.'

어릴 적 마루에 앉아 바라보곤 했던 풍경이다. 그때는 몰랐다. 내가 태어난 곳이 이처럼 아름다운 곳이라는 것을. 나는 산에서 태어났고 산에서 자랐다. 만수산은 내 놀이터였다. 나는 그곳에서 나무를 했고 칡을 캐먹었고 진달래꽃을 따먹었다. 전기가 들어오지 않던 그곳, 형제들은 밤이면 등잔불 밑에 모여 앉아 책을 읽었다.

10리 길을 걸어 학교에 갔다. 진달래꽃 흐드러진 산을 넘어 다녔다. 친구들과 싱아를 캐먹었고 개울에서 물고기를 잡았다. 가방 대신 보자기에 책을 싼 책보를 하고 다녔다. 고무신을 신었다. 어느 때였던가. 면 소재지에 있는 만화방에서 만화책에 빠져 시간 가는 줄 모르다가 나와 어둠을 마주쳤을 때 엄습하던 두려움과 당혹감.

중학교 3년 내내 신문을 배달했다. 그때 왜 신문을 배달할 생각을 했던 것일까. 당시로서는 쉽지 않은 결정이었을 것 같은데…. 기억이 나지 않는다. 그때도 그랬지만 지금도 부모님은 내 결정에 단 한 번도 이의를 달지 않으셨다. 신문배달을 하며 모은 돈을 꾸준히 저축했다. 중학교를 졸업할 때 17만5천원이 모였다. 당시로서는 큰돈이었다. 고등학교에 입학할 때 이 돈이 밑받침이 되었다.

부여고등학교에 갔다. 도시로 가는 친구들도 많았지만 위로 두 형이 이미 도시로 간 나는 선택할 길이 별로 없었다. 도시보다 부여가 좋기도 했다. 시골 냄새가, 흙내음이, 나는 좋았다. 3학년 여름방학 때는 학교에서 살았다. 친구들과 책상을 이어

놓고 침대 삼아 자고 아침에 일어나 다시 공부를 하곤 했다. 2학기 때는 앉아서 공부하다 앉아서 잤다. 나중에는 발이 퉁퉁 부었다. 살이 신발 밖으로 튀어 나왔다. 뛸 수가 없었다. 그때 함께 밤을 하얗게 지새웠던 친구들을 가끔 만난다. 세월은 흘렀어도 그때의 동지적 우정은 변한 것이 없다. 부여고 교정의 나무들은 기억하고 있으리라. 30년 전 투혼을 불살랐던 청춘의 나이테들을.

부여는 참으로 아름다운 곳이다. 흐르는 듯한 부소산의 부드러운 선의 곡선과 굽이굽이 이어질 듯, 끊어질 듯, 흐르는 백마강의 유장한 깊이가 마음을 쏙 빼간다. 누구나 부여에 오면 시인이 된다. 시킨 것이 아니라 자연이 사람을 저절로 그렇게 만든다. 사는 사람들도 자연을 닮아 둥글둥글한 곳이 부여이다.

정림사지 5층 석탑은 하늘을 닮아 계절에 따라, 기상에 따라 제 각각의 날렵함을 뽐낸다. 아침 안개에 싸인 부소산은 옛 그림 속 신선의 경치 그대로여서 걷는 사람도 어느새 신선이 된다. 무량사는 어떤가. 한여름의 무량사는 이름만큼이나 무량한 아름다움과 느낌을 한량없이 선사한다. 뿐만 아니다. 시인 신동엽이 보았던 하늘, 장군 계백이 죽어가면서 떠올렸던 산천,

백강 이경여 선생이 굽어보았던 강물, 황신·이존오 선생이 느꼈던 바람….

부여에는 역사가 있고 문화가 있고 정신이 있다. 삼위일체를 갖춘 꿈같은 곳, 꿈을 꿀 수 있는 곳이 바로 부여이다. 내가 부여를 사랑하는 이유이다.

큰바위 얼굴 같은 선배, 심상기

　부여고등학교 동문 선배 중에는 사회 각계에서 맹활약 하고 있는 이들이 많다. 학계, 관계, 예술계, 군 등 모든 분야에서 동문들은 모교의 이름을 빛내며 활동하고 있다. 하지만 내게 '큰바위 얼굴' 같은 존재를 꼽으라면 단연 심상기 선배(4회)이다.

　심선배는 〈시사저널〉 편집장을 맡고 있는 필자 입장에서 우선 언론계의 대선배이다. 부여가 낳은 언론계의 큰 별이다. 중앙일보 정치부장 · 편집국장 · 상무 그리고 경향신문 사장을 지냈다. 지금도 시사저널과 일요신문의 회장으로서 현장에서 활동하고 있다.

　심선배는 평소 "어려움이 있더라도 언론의 정도를 걷는 길이

결국 언론이 사는 길이다"라며 언론인들이 '정론직필正論直筆'에 힘써야 한다고 강조하곤 했다. 일선 언론인으로 활동하던 군사 정권 시절 여러 차례 권력의 압력을 받기도 했으나 굴복하지 않았고, 정계에 진출하라는 권유도 마다했던 일화가 있다. 어쩌면 이런 일들이 전화위복이 되어 오늘날 후배들의 존경을 한 몸에 받는 선배로서 중요한 자리를 차지하게 된 것이 아닐까 하는 생각이 든다. 그만큼 심선배는 단순한 언론인이 아니라 시대의 흐름과 역사 속 자신의 페이지에 어떤 내용이 기록될 것인지를 내다볼 줄 아는 혜안을 갖고 있는 선각자이다.

언론인 출신 중에서 심선배 만큼 경영에 성공한 이가 없다는 것 또한 참으로 자랑스러운 일이다. 심선배는 맨손으로 시작해 20년 만에 매출 1천억원에 이르는 한국 최대의 출판·잡지 그룹인 서울미디어그룹을 일구어냈다. 시사저널·일요신문 말고도 여성지(우먼센스)·패션지(아레나·에꼴)·생활지(리빙센스)·만화(아이큐점프·메이플스토리 등)와 인터넷 회사 등 일간 신문과 방송을 제외한 웬만한 언론·출판 분야를 다 망라하고 있다. 언론계에는 이를 일컬어 '심상기 신화'라고 말하는 이들이 있다. 조선일보 편집국장 출신인 최병렬 전 한나라당 대표가 "(언론인 출신으로 사업에 성공한 심상기는)경이적인 인물이다"라고 필자에게 말했던 것이 기억난다.

심선배는 일선 언론인으로서만이 아니라 1981년 3월부터 1988년 2월까지 한국신문편집인협회 부회장을 지내며 한국 언론의 발전을 위해서 앞장서서 노력했다. 경영인으로서 자리를 잡은 1997년 6월부터 2006년 7월까지 10년 간은 서울국제만화페스티벌 조직위원회(SICAF) 위원장을 맡아 세계 곳곳을 방문해 한국 만화의 우수성을 홍보하는 등 한국 만화가 세계로 나아가는 초석을 쌓기도 했다. 오늘날 한국의 애니메이션이 유럽에서 크게 주목된 막후에도 이러한 심선배의 노력이 밑바탕이 되었다.

하지만 동문들에게 각인된 '심상기'는 이러한 사회적인 활동보다도 고향과 모교 발전을 위해 헌신적으로 봉사했던 모습일 것 같다. 부여고등학교 총동창회장·부여중·고등학교 재경동문회장으로 있으면서 오늘날과 같은 굳건한 기반을 다져놓은 이가 심선배이다. 얼추 꼽아보아도 다음과 같은 일들이 떠오른다. 2004년 서울 충정로에 부여중·고등학교 재경동문회 동문회관을 마련했다. 부여고등학교 교정에서 매월 10월에 열리는 친목

체육대회 및 한마음대축제, 매년 6월6일 관악산에서 열리는 친선등반걷기대회도 심선배가 주춧돌을 놓았다. 또 부여고등학교 강당도 심선배가 회장으로 있을 때 준공되어 후배들에게 큰 도움이 되었다. 회원 명부 발간 작업도 진행해 흩어져 있던 동문들의 주소를 한자리에 모았다. 졸업 후 30·50년 동창들의 홈커밍데이를 창설해, 모교와 동문들의 1년 1회 상봉 및 축제가 지금도 이어지고 있다. 동문회 기관지인 〈금성산〉도 창간했다. 모교에 세워진 교훈탑 건립, 장학회 운용 등에도 공이 크다. 이밖에도 이루 열거할 수 없을 정도의 수많은 업적을 쌓았다. 실로 심선배가 오늘날 부여고 동문회의 기본적인 틀을 갖추어놓았다고 해도 과언이 아니다. 물론 이러한 막후에는 심선배를 도와 헌신한 수많은 동문들이 있었을 것이다.

이뿐인가. 심선배의 활동은 모교 사랑에 그치지 않았다. 고향을 위한 봉사에도 남다른 역할을 했다. 1988년부터 1998년까지 10년간 재경부여군민회장을 맡아 고향과 향우들을 위해 열성적으로 봉사했다. 심선배는 1956년 창립되었으나 유명무실한 상태였던 재경부여군민회를 재건하는 데 중추적인 역할을 했다. 재건 총회 이후 만장일치로 회장으로 추대되어 군민회가 오늘날

'한국에서 제일 잘 운영되는 군민회'라는 소리를 듣게 되기까지 든든한 기초를 쌓고 뼈대를 만들었다.

심선배는 재건 총회에서 기금 2천만원을 쾌척했는데 이것이 모태가 되어 3억3천여만원을 모금하여 1998년 9월 군민회 장학 재단이 출범할 수 있었다. 심선배는 군민회장으로 있으면서 각 읍·면별 조직과 장학재단을 만든 것을 비롯해 2년마다 서울과 부여의 향우들이 한자리에 모여 친선 체육대회를 하면서 친목을 다지는 '한마음 큰잔치' 행사를 시작했다. 또 이어령 전 문화부 장관 등을 초청해 '백제 문화유산의 보존과 개발 방향'이라는 주 제로 강연회를 개최하는 등 향우들에게 백제인으로서의 자기 정 체성을 심어주었다. 1992년에는 처음으로 '부여인 미술전'을 개 최했다. 성공한 여세를 몰아 이후 2년마다 미술전을 개최하면서 백제 문화의 재창달에 기여하고 장학기금을 마련하는 데도 크게 기여했다. 1989년에는 군민회 기관지 〈백강춘추〉를 창간해 향 우들의 소식을 전하고 친목을 도모하는 창구를 만들었다. 이러 한 눈에 보이는 것 외에도 '정신적인 지주'와 같은 역할을 한 것 은 심선배가 차지하는 위상을 보여준다.

이처럼 심선배는 때로는 동문으로서, 때로는 경영인으로서,

때로는 언론인으로서 모교와 고향을 빛내왔고, 빛내고 있다. 크나큰 공적을 이루었기에 동문회를 말할 때 '심상기'라는 이름 석 자를 빼놓고 말할 수 없는 이유이다. 매사에 열성적이면서 큰사랑이 무엇인지를 보여주는 심선배는 '큰 바위 얼굴'로서 두고두고 귀감이 될 것이다.

무한의 사랑 몸소 보여준 이만용 선배

1998년부터 12년 동안 재경부여군민회장을 맡아 헌신한 이만용 선배(부여고 7회)는 한마디로 '무한한 사랑'이 무엇인가를 몸소 보여주는 분이다. 모교나 고향과 관련한 일에 이선배의 땀과 발자취가 배어 있지 않은 것을 찾기 힘들다. 그만큼 이선배는 젊은 날부터 모교와 고향을 위해 헌신적으로 봉사해왔다. 대가를 바라지 않는, 순수한 봉사는 동문들에게 감동과 경외를 안겨주었다.

언제가 이선배로부터 옛날이야기를 들은 적이 있다. 부여중학교 2학년 때에 '선진 봉사단'을 만들어 마을 가꾸기를 했다는 이야기, 부여고등학교에 다닐 때는 한글학교를 만들어 문맹퇴

치운동을 벌였고 '일지회'라는 모임을 만들어 모교 발전 운동을 벌였다는 이야기 등 …. 진작부터 무언가 일을 벌이는, 창조적이고 열정적인, 조직 작업에 능한 분이었구나 하는 생각이 들었다.

'수덕사 여승'으로 널리 알려진 김일엽 스님과의 일화는 매우 인상적이었다. 이선배가 평소 보여준 문학과 우리 것에 대한 사랑이 이때부터 싹튼 것이 아닌가 짐작되었다. 이선배는 고교 시절 수덕사로 김일엽 스님을 찾아가 머물며 가르침을 받은 적이 있다. 편지도 많이 주고받았다. 당시 '여성운동가 겸 문필가'로 이름을 날리던 김일엽 스님이 조선일보에 '구원을 지향하는 R군에게'라는 글을 투고하기도 했는데 그 'R군'이 바로 이선배였다. 김일엽 스님과 주고받은 편지를 잃어버려 안타까워하는 모습을 본 적이 있다.

이선배는 동문회와 떼려야 뗄 수 없는 관계가 있다. 1979년 10월 부여중고등학교 재경동문회가 재건된 후 동문회 사무실이 이선배가 운영하던 중구 신당동 반도관광학원에 있었기 때문이다. 한국일보 송현클럽에서 열린 재건 총회에서 우영제 동문이 회장으로 취임했는데 이선배는 당시 재건을 위한 산파역할을 한 동문 중 한분이었다. 이후 사무국장, 동문회 장학위원장과 부회장을 맡아 봉사했고 임두빈 · 이범재 회장 때까지 이선배 사무실이 동문회 사무실 역할을 했다. 특히 심상기 동문회장 시절에는 크고 작은 동문회 일에 열성적으로 봉사하면서 동문회가 단단한 반석 위에 오르는데 크게 기여했다. 동기들 모임에도 헌신해 1982년부터 1998년까지 16년 간 '5 · 7동기회' 회장을 지냈다. 1986년에는 부여고등학교로부터 후배 육성에 심혈을 기울이고 면학풍토 조성에 노력하여 학교 발전의 계기를 만든 공로로 감사패를 받았다. 또한 1994년에는 동문회로부터 동문회 발전과 장학기금 모금에 헌신한 공로로 공로패를 받았다.

이선배는 사회 활동에도 열심이다. 황우석 전 서울대 교수의 연구 활동 보금자리인 수암생명공학연구원 이사장으로서 황 전 교수를 후원하면서 다양한 측면에서 그를 돕기 위해 노력하고 있다. 히말라야 8천m급 봉우리 16개를 오른 세계적인 산악인 엄홍길씨와도 인연이 각별하다. '엄홍길 휴먼재단'의 고문을 맡아 엄홍길씨와 함께 산을 타곤 한다. 엄홍길 휴먼재단에서 진행하는 '장애우 돕기 행사' 등에도 적극 힘을 보태면서 엄홍길씨가 우리 사회의 영웅으로서 본보기 역할을 할 수 있도록 막후에서 적극 돕고 있다. 이선배는 또 부여에서 개최되는 '세계사물놀이 대축제' 조직위원회 조직위원장을 맡은 적도 있다. 이 행사는 세계 각국 참가자들이 부여에 모여 사물놀이 축제를 벌이는 국제적인 행사이다.

가까이서 지켜본 이선배는 치밀하면서도 창조적이고 열정적이다. 때로는 젊은 사람들보다 사고가 더 유연하고 시각이 다양해 깜짝깜짝 놀랄 때가 많다. 한번 결정한 일이면 치밀하게 구상해 반드시 성공적으로 일을 진행한다. 문화유적답사 행사 같은 경우 여러 차례 현장을 답사해 10분 단위까지 시간표를 짠다. 교통흐름까지 정확하게 예측해 나중에 행사를 마칠 때면 애초 예상했던 것과 거의 시간차가 나지 않는다. 이렇게 일을 진행하니 실수가 있을 수가 없고 참가자들의 만족도가 높아질 수밖에 없다.

전임 심상기 군민회장 때부터 진행되었던 '한마음 큰잔치' '부여인 미술전' 등도 이선배가 막후에서 실무 책임을 맡았던 것을 생각해보면 사실상 재경부여군민회에서 진행하는 모든 행사에 지금도 이선배의 자취가 깊게 배어 있다고 보아도 무리가 아니다. 이선배가 군민회장이 된 뒤 부여 출신 문인들을 모아 '백

이만용 선배(맨 오른쪽)가 부여인 미술전 전시장을 찾은 향우들과 기념촬영 했다.

강문학'을 해마다 발간해 오고 있고, 부여 출신 언론인들의 모임인 '부언회', 부여 출신 미술인들의 모임인 '부여 미술인회' 등을 결성했다. 2003년 2월에는 향우들의 주소를 모아 '향우만년'이라는 5백페이지에 달하는 책자를 발간했다. 특히 백제 문화 유적을 중심으로 진행되어 온 '문화유적 답사' 행사는 향우들로부터 열광적인 호응을 얻으며 군민회의 수준을 한 단계 높였다는 평가를 받고 있다.

행사를 기획하고 성공적으로 치르는 데도 열성이지만 이만용 선배가 가장 관심을 갖는 것은 인재 양성이다. 모교가 발전하고 고향이 성장하기 위해서는 무엇보다 인재들이 쑥쑥 커 나라의 주춧돌이 되어야 한다는 믿음을 갖고 있다. 진작부터 대학생들과 등산을 하고 젊은이들과 꾸준히 교분을 나누어 온 것도 이런 평소 지론이 있기 때문이다. 동문회·군민회가 더 젊어져야 한다고 강조하는 이유이기도 하다.

이처럼 후배들에게 조건 없는 무한의 사랑이 무엇인가를 몸소 보여주는 이선배를 존경하지 않을 수 있을까.

나는 왜 매월당 김시습 기념사업회를 만들었나

2011년 4월2일 부여 무량사에서 매월당 김시습 기념사업회 발족식을 가졌다. 3개월 여 동안 본격 준비를 거쳐 성공적으로 창립총회를 치르니 머리가 맑아졌다. 석전 무량사 주지 스님과 유홍준 전 문화재청장을 비롯해 부여 안팎에서 관심 있는 이들 100여명이 참석했다. 특히 2시간 가까이 이어진 유 전 청장의 '매월당과 무량사' 강의는 인기 만점이었다. 기념사업회 출범을 계기로 6백여 년 시공을 뛰어넘어 매월당 김시습 선생과 본격적으로 인연을 맺은 것이다.

나는 부여 무량사에서 태어났다. 매월당 선생이 돌아가신 곳이다. 그가 왜 말년에 관동에서 무량사로 와 생을 마쳤는지는 미스터리다. 그는 자신의 병을 '폭병暴病'이라고 했다. 느닷없이 얻은 병이라는 뜻이다. 예상치 못한 병마가 그의 몸을 무량사에 묶어 놓은 것이다. 무량사는 매월당 선생이 돌아가신 곳이고 그가 스스로 그렸다는 초상화와 승탑이 있는 역사적인 곳이다.

어릴 적 매월당 선생의 초상화는 산신각 안에 모셔져 있었다.(지금은 서울 조계종 총무원에 있는 불교박물관에 있다) 왼쪽 편에 별도의 각이 있었고 그 안에 초상화가 있었다. 열쇠는 부모님이 관리했는데 잠가놓을 때도 있었고 그냥 문만 닫아놓을 때도 많았다. 우리 형제들은 매월당 선생의 초상화를 갖다가 기념사진을 찍기도 했다. 그때야 매월당 선생에 대해 잘 알지 못했고 그저 역사적으로 유명한 사람이라는 정도의 인식만 갖고 있었던 것으로 기억한다. 아버지는 "매월당 선생이 사발에 물을 담가 놓고 거기에 비친 자신의 얼굴을 보고 자화상을 그렸다"라고 말하곤 했다.

언제였던가. 비오는 날 산신각에 도둑이 들었다. 도둑은 매월당 선생의 자화상이 별 돈이 되지 않을 것이라고 생각했는지 자화상은 그대로 두고 촛대 같은 것들을 훔쳐 갔다. 이후 자화상은 무량사 금고로 옮겨졌고 산신각에는 모사본이 모셔졌다. 현

재 무량사 영정각에 있는 자화상이 그것이다.

성장하면서 매월당 선생은 늘 내 머릿속에 있었다. 알 수 없는 부채 의식 같은 것도 함께 머리를 짓눌렀다. 매월당과 관련한 글이나 사진 같이 있으면 유심히 보곤 했다. 이런 내게 "기념사업회를 만들면 어떠냐"라고 적극적으로 권한 분이 이만용 수암생명공학연구원 이사장이다. "인연도 있고 그런 역사적인 위대한 인물을 기리는 데 당신이 적임자인 것 같다"라는 이유였다. 용기를 냈다.

나는 창립총회를 준비하면서 매월당을 보는 내 생각을 담아 발기취지문을 썼다. 다음은 그 내용이다.

우리는 오늘 매월당이 생을 마친 이곳 부여 무량사에 모여 매월당 김시습을 생각합니다. 5백18년 전 인물, 그러나 박제화 되지 않고 아직도 우리 현실 속에 살아 숨 쉬고 있는 역사 속 위인. 누구는 그를 일러 '조선의 천재'라고 했습니다. 누구는 그를 일러 '시대의 자유인'이라고 했습니다. 누구는 그를 일러 '역사의 반항아'라고 했습니다. 또 누구는 그를 일러 '유·불·도에 통달한 진정한 종교인'이라고 했습니다. 도대체 그는 누구입니까?

그는 바람과 같은 사람입니다. 그는 하늘과 같은 사람입니다. 그물에 걸리지 않는 바람처럼, 끝 모를 데 없는 하늘처럼 그는 천하를 주유했고 걸림이 없었습니다. 권력에 갇히지 않았고 백성의 아픔에 공감했지만 도그마에 빠지지 않았습니다. 승복을 입고 불교에 취했지만 누구보다 당시 불교의 행태에 대해 비판적이었습니다. 그러면서도 그는 현장으로 들어가 가난한 이들, 소외받은 이들의 아픔에 귀 기울였습니다. 권력만을 탐하는 이들에 대한 해학적인 조롱을 멈추지 않았습니다. 그는 지조와 의리를 지켰습니다. 그는 기록가이자 혁신가이기도 했습니다. '관서록' '관동록', 최초의 한문소설 '금오신화' 등이 상징적입니다. 그는 당대의 새로운 문화변혁을 주도했습니다.

지금 우리는 어떻습니까? 소통의 부재, 도그마에 갇혀 서로 제 잘났다고 자랑이 한창입니다. 다른 생각을 인정하려 하지 않고 제 생각만을 남에게 강요합니다. 인본에 바탕을 두지 않은 권력과 금력을 탐하는 세태의 흐름이 극에 달해 있습니다. 물질만능주의가 종교의 영역까지 스며들어 돈이 최고인 세상이 되었습니다. 매월당은 사람 중심, 애민愛民 사상을 주창했습니다. '백성을 사랑하는 어진 정치'야말로 그의 애민 사상의 핵심입니다.

매월당은 수양대군이 왕위를 찬탈하자 책을 불사르고 이에 저항했던 사육신의 시신을 수습해 역사 속에서 '지조와 절개의 상징'으로 평가되고 있습니다. 이것은 현 시대의 '정의'와 통합니다. 도덕과 진리가 금력과 권력의 그늘에 가려 있는 지금 매월당은 우리가 되살려 널리 알려야 할 시대의 표상입니다. 그의 소통, 융합 사상이야말로 지금 우리가 되살려야 할 시대정신입니다. 우리가 지금 매월당 김시습 기념사업회를 출범시켜 그를 선양하고자 하는 이유가 여기에 있습니다.

우리는 오늘 매월당 김시습을 다시 생각합니다. 그의 사상과 삶이 보여준 가르침을 깊이 새깁니다. 지금의 현실 속에서 그의 정신을 계승·발전시키겠다는 결의를 다지며 매월당 김시습 기념사업회를 출범시킵니다.

매월당 김시습은 누구인가

'봄비 줄기차게 흩뿌리는 삼월

선방에서 병든 몸을 일으켜 앉는다.

그대에게 달마가 서쪽에서 온 까닭을 묻고 싶다만

다른 중들이 거양할까 두렵군.'

매월당 김시습이 1493년(성종 24년) 봄에 쓴 '무량사에 병들어 누워(무량사와병無量寺臥病)'라는 제목의 시다. 김시습은 이 시를 쓴 얼마 뒤 부여 무량사에서 세상을 떠났다. 그의 나이 59세였다. 조선 지성사에 한 획을 그은 김시습은 이렇게 시대를 마감했다.

58세 되던 1492년, 관동을 떠돌던 김시습이 왜 무량사로 갔는지는 지금도 미스터리다. 분명한 것은 그가 이곳에서 다른 세상으로 갔고 시신을 화장했으며 승탑(부도·충남유형문화재 25호)과 그가 스스로 그렸다는 자화상(보물 제1497호)이 남아 있다는 점이다. 때문에 무량사는 국내에서 유일하게 매월당의 정신과 사상을 현실에서 느끼고 체화할 수 있는 훈련장이자 역사의 무대이다. 지난 4월 2일 '매월당 김시습 기념사업회'가 무량사에서 발족한 것도 이러한 상징성이 있는 곳이기 때문이다.

매월당 김시습은 조선 최고의 지식인 가운데 한 명이다. 그의 면모는 사상가, 철학가, 종교인, 문학가 등 어느 하나로 규정하기 어려울 정도로 다양하다. 유교에 바탕을 두었으면서도 불교를 취했다. 〈십현담요해〉 등 불교 관련 많은 저술을 남겼다. 도교에도 정통해 그는 '한국 도교의 비조鼻祖'로 불린다. 전국을 유람하면서 2,200수가 넘는 시를 남겼다. 최초의 한문소설 〈금오신화〉와 '애민의' 등 많은 수필도 남겼다. 그는 놀고 먹는 이들을 경멸하며 노동의 신성함을 예찬했다. 자리를 누리는 권력자들을 조롱한 숱한 일화를 남겼다. 그는 지조와 광기의 천재로 상징화 되었다. 실로 그는 자유인이며 비판자이며 꿈을 이루지는 못했지만 어떤 측면에서는 현실주의자이기도 했다.

김시습의 본관은 강릉이다. 1435년(세종 17년)에 서울 성균관 북쪽 반궁리에서 태어났다. 부친의 이름은 일성一省, 모친은 울진 장씨였다. 부모가 언제 나고 죽었는지는 기록이 없다. 김시습은 신라 태종 무열왕 김춘추의 6세손인 김주원의 22대손이다. 신라와 고려 때 명신과 석학을 배출한 명문가이다. 그러나 김시습의 조부와 부친은 하급 무반직에 머물렀다. 그나마 조부는 오위부장(오늘날로 치면 연대장 정도의 직위)을 지냈으나 아버지 일성은 조상의 덕으로 벼슬을 얻는 음보蔭補를 통해 충순위(5위 가운데 충무위에 딸렸던 군대)의 하급직에 봉해졌을 뿐이다.

김시습은 어렸을 때부터 천재 소리를 들었다. 전설에 따르면 '공자가 환생한 인물'이라고까지 여겨졌다. "매월당이 날 때 성균관 사람들이 모두 공자가 반궁리 김일성의 집에서 나는 것을 꿈꾸었다. 이튿날 그 집에 가서 물어보니 매월당이 태어났다고 하였다"라는 것이다. 이것은 후세에 김시습을 칭송하다보니 나온 탄생설화로 보인다. 그의 이름 '시습'은 논어의 '학이시습지學而時習之 불역열호不亦說乎'에서 따온 것이다. 이웃에 살던 학자 최치운이 지어주었다. 최치운은 세종 때 집현전에 들어갔고 다섯 차례나 명나라에 다녀왔으며 공조·이조의 참판과 좌승지를 역임했다. 그러나 51세라는 젊은 나이에 세상을 떠났다. 당시 김시습은 여섯 살이었다. 만약 최치운이 더 오래 살면서 관직에 머물렀다면 김시습의 앞날에 힘이 되어 주었을 지 모를 일이다.

김시습은 태어난 지 여덟 달 만에 글을 알았다. 그가 쓴 '양양부사 유자한에게 속내를 토로한 서한'에서 스스로 그렇게 썼다. 그의 천재성에 주목한 외할아버지는 김시습에게 우리말보다 '천자문'을 먼저 가르쳤다. 〈당현송현시초唐賢宋賢詩抄〉에서 100여 수를 가려 뽑아 읽게 했다. 김시습은 50세 무렵에 지은 시 '동봉여섯 노래'에서 자신의 어린 시절과 관련해 이렇게 썼다.

'외할아버지 외할아버지, 갓난아기 아끼시어
내 옹알이 소리 듣고 기뻐하셨네.
걸음마 배우고 나니 글공부 가르치셔
내가 지은 시편들이 꽤나 고왔지.
세종대왕 들으시고 궁궐로 부르사
큰 붓 한 번 휘두르니 용이 날아올랐다네.'

김시습은 세 살 때부터 시를 지었다. 유모인 개화가 보리를 맷돌에 갈고 있는 것을 보고 지은 시가 전한다. '비도 안 오는데

천둥 소리 어디서 나지. 누런 구름이 풀풀 사방으로 흩어지네.'
그의 소문을 듣고 다섯 살 때 정승 허조가 찾아왔다. 허조는 김
시습을 만나자마자 "늙을 노老자로 시구를 지어보거라"라고 말
했다. 김시습은 '노목개화심불로老木開花心不老(늙은 나무에 꽃이 피니
마음은 늙지 않았다)'라고 읊었다. 세종대왕이 승정원 승지를 시켜
김시습을 시험하고 칭찬하면서 비단을 내린 것은 아홉 살 전후
한 시기이다. 세종대왕은 다음과 같이 하교했다. '내가 친히 인
견引見하고 싶지만 관례에 없던 일이어서 사람들이 듣고 놀랄까
봐 두렵다. 집으로 돌려보내어 그 아이의 재주를 함부로 드러나
게 하지 말고 지극히 정성스레 가르쳐서 키우도록 하라. 성장하
여 학문을 성취한 뒤에 크게 쓰고자 하노라.'

다섯 살 때부터 열세 살에 이르기까지 김시습은 이웃에 살던
대사성 김반으로부터 〈논어〉〈맹자〉〈시경〉〈춘추〉 등을 배
웠다. 겸사성 윤반으로부터는 〈주역〉〈예기〉 등을 배웠다. 이
시기에 김시습은 지적 호기심이 왕성해 각종 역사서와 제자백가
서 등을 스스로 공부했다.

김시습이 열다섯 살 되던 해인 1449년 어머니가 별세하였다.
외할머니는 그를 강릉 부근 시골로 데려가 3년 시묘살이를 시

킨다. 하지만 시묘살이가 채 끝나기도 전에 외할머니도 세상을 떠났다. 아버지 일성은 몸이 약해 집안일을 꾸려나가기 위해 후처를 맞아들였다. 그러나 계모는 김시습에게 애정을 보이지 않았다. 김시습은 "부친이 계모를 얻으셔서 세상사가 어그러지고 각박해졌다"라고 〈양양부사 유자한에게 속내를 토로한 서한〉에 썼다. 모친과 외할머니의 죽음은 그의 마음에 깊은 그늘을 남겼다. 그가 지은 시문에 '아버지'는 한 번도 등장하지 않는다.

그가 불교를 접한 데는 이러한 심적 고통이 한몫을 했을 것으로 보인다. 그는 17~18세 때 전남 송광사로 가 설준 대사를 만나 불법을 배운다. 송광사에 머물다 서울로 돌아온 김시습은 정3품 벼슬인 훈련원 도정이었던 남효례의 딸을 맞아 첫 번째 결혼을 한다. 그러나 어쩐 일인지 부부 생활이 오래 갔던 것 같지는 않다. 언제 헤어졌는지는 분명치 않으나 부인 남씨에 대한 이야기는 김시습이 남긴 시문 어디에도 없다. 이후 행적을 보아도 그가 부인 남씨와 같이했던 기간은 1년이 채 안되었던 것으로 보인다. 물론 후사도 없었다.

37세로 왕위에 오른 문종이 병약하여 2년 4개월만에 승하하고 1452년 5월18일 12세의 단종이 즉위했다. 이듬해 봄에 있었던 과거에서 김시습은 낙방하고 과거 공부를 하기 위해 서책을 싸들고 삼각산 중흥사로 들어갔다. 그 해 10월10일 수양대군이 김종서 황보인 등을 죽이고 안평대군 등을 강화도 교동에 유배 보낸 '계유정난'이 일어났다. 1455년 6월 수양대군의 위협을 견디다 못한 단종은 경복궁 경회루 아래에서 수양대군에게 옥새를 넘겨 주었다. 중흥사에서 공부하고 있던 김시습에게 수양대군이 왕위를 찬탈했다는 소식은 충격이었다. 그가 꿈꿔 왔던 왕도 정치의 이상을 더 이상 실현할 수 없다는 것을 깨달았다. 가치 체계가 일거에 무너지는 것을 경험한 것이다. 힘의 논리가 지배하는 패도 정치의 시대에 그는 벼슬길에 나아가는 것을 포기했다. 방문을 걸어 잠그고 3일 동안 밖에 나가지 않았다. 그런 다음 읽던 책을 불사르고 똥통에 빠진 뒤 방랑길에 올랐다. '김시습의 재탄생'이었다.

중흥사를 나와 떠돌던 김시습은 강원도 철원 복계산 자락의 사곡촌으로 갔다. 지금의 철원군 근남면 잠곡리이다. 세조 정권이 싫어 서울을 떠난 박계손과 그의 부친 박도 등 영해 박씨 일가 일곱 명이 은거하던 곳이다. 세조가 예조참판에 임명했으나 이를 거부한 조상치도 이곳으로 왔다. 김시습은 이들과 함께 이곳에 은거하면서 패도의 시대를 거부하고 새로운 길을 모색했다. 훗날 이 부근에 이들 아홉 사람을 기리는 사당인 구은사가 세워졌다.

매월당은 1456년 사육신의 시신을 거두어 묻어준 것으로 널리 알려져 있다. 이런 사실은 이긍익이 지은 〈연려실기술〉에 나와 있다. 이긍익은 "김시습이 박팽년 유응부 성삼문 성승 등 다섯 시신을 수습하여 노량진에 묻고 작은 돌로 묘표를 대신했다고 한다"라고 썼다. 사곡촌에 머물던 김시습이 사육신이 체포되었다는 소식을 듣고 급거 상경한 것 같다. 1457년 10월 단종은 영월에서 목이 졸려 죽는다. 1458년 봄 24세의 김시습은 공주 동학사로 갔다. 동학사에는 삼은각이 있다. 포은 정몽주, 목은 이색, 야은 길재를 기리는 사당이다.

김시습은 이곳에서 단종의 제사를 지냈다. 이후 승려 차림으로 관서 유람에 나서 임진강을 건너 고려의 수도였던 송도로, 이후 평양으로 갔다. 영변, 묘향산 등을 돌아보았다. 김시습은 1458년 가을 평양 부근의 초막에 머물면서 관서 지방을 여행하면서 지었던 시들을 묶어 〈유관서록〉이라고 이름지었다. 이후 양평 용문사 용문사, 여주 신륵사, 원주 동화사, 오대산 월정사,

경포대, 대관령… 등 관동 지방을 유람한 기록을 1460년 9월 〈유관동록〉으로 정리했다. 호서 지역을 유람한 뒤인 1463년 가을에는 〈유호남록〉을 지었다. 그야말로 삼천리 방방곡곡 그의 발길이 닿지 않은 곳이 없었다.

29세 되던 1463년 봄 그는 경주 금오산 용장사로 간다. 이곳에서 그는 최초의 한문소설인 〈금오신화〉를 지었다. 용장사에서의 느낌을 그는 이렇게 표현했다. '용장사 경실에 거처하면서 느낌이 있어'라는 시다.

> '용장산은 깊고 으슥하여
> 찾아오는 사람이 없네.
> 가랑비는 시냇가 대숲으로 옮아가고
> 살랑 부는 바람은 들판 매화를 보호하지.
> 작은 창 아래 사슴과 함께 잠들고
> 마른나무 의자에 먼지와 함께 앉았다.
> 어느새 처마 아래
> 뜨락 꽃은 졌다가 또 피네.

김시습은 금오산에 머물면서 매화의 기품과 매화를 찾아나서는 즐거움을 노래한 시들을 14수나 지었다. 김시습이 매화를 자신의 상징물로서 노래하기 시작한 것이다. 매화는 청사淸士, 은일, 은둔의 상징이다. 그는 매화를 보면서 그 정결한 정신을 사랑하고 세간 명리를 쫓아다니지 않겠다는 뜻을 다잡았다. 지금 많이 알려져 있는 '매월당'은 그가 경주에 머물고 있던 시절의 당호이다. 그가 남긴 시문에 '매월당'이라는 이름은 나오지 않는다. 훗날 윤춘년이 쓴 '매월당집'에서부터 '매월당'이라는 말이 쓰이기 시작해 일반화 되었다. 매월당은 설잠이라는 법명 외에 동봉, 청한자, 오세암, 벽산, 췌세옹 등 호가 많다.

금오산에 머물다 1465년 원각사 낙성회에 참석했던 김시습은 이후 10년 가까이 수락산에 은거한다. 지금의 남양주시 내원암 근처이다. 김시습은 '폭천정사'를 짓고 스스로 노동하며 불교와 도교에 대해 공부한다. 김시습은 성종 임금이 즉위하면서 새로운 인물을 널리 구한다는 소식을 듣고 관직에 나아갈 생각을 갖고 상경한 것으로 보인다. 새로운 시대에 자신의 역할이 있을 것이라고 기대했던 것이다. 그러나 세상은 기대만큼 변하지 않았고 천거해주는 사람도 없었기에 그의 은거는 계속된다. 이 시절 그는 당시의 정치 구조에서 소외되어 있으면서 자유를 추구했던 유생 남효온, 종실인 이정은, 아전 출신 홍유손 등과 두루 교유했다.

47세 되던 1481년 봄 김시습은 돌연 머리를 기르고 환속했다. '…어리석고 못난 소자가 가문을 이어야 할 텐데, 이단에 깊이 빠졌다가 말로에 가까스로 뉘우쳤습니다…"라는 제문을 지어 부친과 조부의 제사를 지냈다. 이때 김시습은 안씨의 딸을 맞아 두 번째 결혼을 했으나 오래가지는 못했다. 김시습은 왜 갑자기 환속해 다시 결혼을 한 것일까. 당시 유교적인 분위기에서 그 또한 후사에 대한 고민이 있었던 듯하다. 간혹 병으로 누워 있었던 것에서 보듯 자신의 미래에 대해 불안한 마음이 결혼을 재촉했는지도 모른다. 그러나 첫 번째 결혼처럼 두 번째 결혼도 오래가지 못했고 후사도 없었다.

김시습은 1483년, 49세 때 관동으로 2차 방랑길을 떠났다. 춘천, 강릉, 양양 등을 거치며 숱한 시를 남겼다. '동봉 여섯 노래'도 이때 남긴 시이다. 여섯째 노래는 그가 말년에 어떤 생각을 했는지를 보여준다.

'활시위 당겨 사악한 별 쏘려 했더니

옥황상제 사는 별이 하늘 가운데 있네.

긴 칼 뽑아 여우 베려 했더니

백호가 산모퉁이 지키고 섰네.

북받치는 설움 풀지 못하고

휘이 하고 휘파람 불지만 곁에 아무도 없네

씩씩한 뜻은 무너지고 괜시리 수염만 쓸어보네.'

한 번 세상에 뜻을 펼쳐보려 했으나 방해꾼들 때문에 뜻을 이루지 못하고 홀로 쓸쓸히 말년을 보내는 심경을 담은 시다. 김시습의 일생을 훑어보면 그는 이른바 '비주류'로서 살고자 했던 것만은 아니다. 그가 꿈꾸었던 왕도 정치의 이상을 실현할 수 있는 날이 오기를 고대했던 것 같기도 하다. 세조가 물러난 뒤 열린 새로운 세상에서 그는 한때 현실 정치에 자신이 기여할 수 있기를 바랐지만 무위에 그쳤다. 그가 유교건 불교건 현실적인 측면에 주목했고 늘 노동을 중시하며 스스로 노동에 힘썼던 것도 따지고 보면 현실주의자로서 그의 면모를 보여준다. 그는 제3자의 위치에서 비판만 일삼은 사람은 결코 아니었다.

1491년 봄, 서울 중흥사에 온 김시습은 김일손, 남효온 등과 4박5일간 머물며 도봉산 북한산 등을 유람하고 다시 관동으로 갔다. 그런 뒤 부여 무량사로 가 생을 마친다.

중종 때 이자가 〈매월당집서〉를 썼다. 윤춘년은 〈매월당 선생전〉을 패냈다. 선조 임금은 그의 문집 〈매월당집〉을 간행했다. 매월당집에 수록된 그의 시는 2,200여 수에 달한다. 율곡 이이가 쓴 '김시습전'도 이 이 안에 들어 있다. 1518년에 편찬한 〈속동문선〉에는 그의 시가 49제 68수나 실려 있다. 조선 전기의 문인 가운데 〈속동문선〉에 50여 수 이상의 시가 실려 있는 사람은 서거정과 김종직 외에 김시습뿐이다. 정조는 그를 이조 판서에 추증하고 '청간'이라는 시호를 내렸다.